岩 波 文 庫

31-090-10

走れメロス・東京八景

他 五 篇

太 宰 治 作
安 藤 宏 編

岩 波 書 店

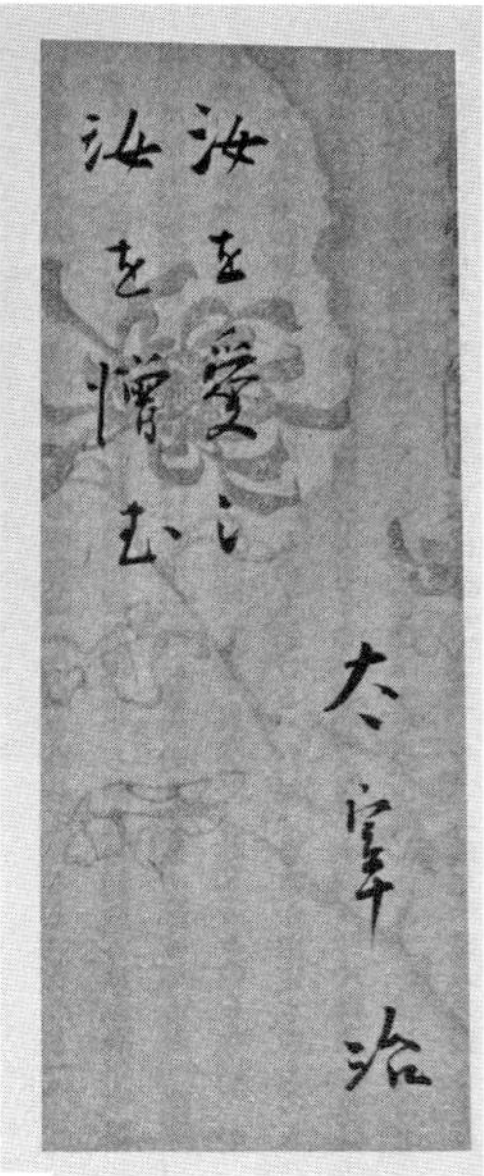

『駈込み訴へ』(私家版，月曜荘，昭和 17 年刊，本書カバー参照)付属の〈署名箋〉。献呈署名と識語署名(右)がある。

「新潮」昭和 15 年 5 月号。「走れメロス」の初出誌。

(左上)『千代女』(筑摩書房，昭和 16 年刊)。「清貧譚」「千代女」の初収刊本。創業間もない筑摩書房の社長，古田晁の肝入りで刊行された。
(右上)『風の便り』(利根書房，昭和 17 年刊)。「風の便り」ほか 7 篇を収める。
(右下)『女性』(博文館，昭和 17 年刊)。「きりぎりす」ほか 8 篇を収める。3 点とも装丁は，太宰の生涯の友である，画家・阿部合成。

目次

走れメロス・東京八景　他五篇

駈込み訴え

申し上げます。申し上げます。旦那さま。あの人は、酷《ひど》い。酷い。はい。厭《いや》な奴です。悪い人です。ああ。我慢ならない。生かして置けねえ。

はい、はい。落ちついて申し上げます。あの人を、生かして置いてはなりません。世の中の仇《かたき》です。はい、何もかも、すっかり、全部、申し上げます。私は、あの人の居所《いどころ》を知っています。すぐに御案内申します。ずたずたに切りさいなんで、殺して下さい。あの人は、私の師です。主です。けれども私と同じ年です。三十四であります。私は、あの人よりたった二月《ふたつき》おそく生《うま》れただけなのです。たいした違いが無い筈《はず》だ。人と人との間に、そんなにひどい差別は無い筈だ。それなのに私はきょう迄《まで》あの人に、どれほど意地悪くこき使われて来たことか。どんなに嘲弄《ちょうろう》されて来たことか。ああ、もう、いやだ。堪えられるところ迄は、堪えて来たのだ。怒る時に怒らなければ、人間の甲斐《かい》がありません。私は今まであの人を、どんなにこっそり庇《かば》ってあげたか。誰も、ご存じ無いのです。あの人ご自身だって、それに気がついていないのだ。いや、あの人は知っているのだ。ちゃんと知っています。知っているからこそ、尚更《なおさら》あの人は私を意地悪く軽蔑《けいべつ》するのだ。あの人は傲慢《ごうまん》だ。私から大きに世話を受けているので、それがご自身に口惜《くや》しいのだ。あの人は、阿呆なくらいに自惚《うぬぼ》れ屋《や》だ。私などから世話を受けている、ということを、何かご自身の、ひどい引目《ひけめ》でもあるかのように思い込んでいなさるのです。あの人は、なんでもご自身で出来るかのように、ひとから見られたくてたまらないのだ。ばかな話だ。世の中はそんなものじゃ無いんだ。この世に暮して行くからには、どうしても誰かに、ぺこぺこ頭を下げなければいけないのだし、そうして歩一歩、苦労して人を抑えてゆくより他に仕様がないのだ。あの人に一体、何が出来ましょう。なんにも出来やしないのです。私から見れば青二才だ。私がもし居《お》らなかったらあの人は、もう、とうの昔、あの無能でとんまの弟子《でし》たちと、どこかの野原でのたれ死《じに》していたに違いない。「*狐《きつね》には穴あり、鳥には塒《ねぐら》、されども人の子には枕するところ無し。」それ、それ、それだ。ちゃんと白状していやがるのだ。ペテロに何が出来ますか。*ヤコブ、ヨハネ、アンデレ、トマス、痴《こけ》の集《あつま》り、ぞろぞろあの人について歩いて、脊筋が寒くなるような、甘ったるいお世辞《せじ》を申し、天国だなんて馬鹿《ばか》げたことを夢中で信じて熱狂し、その天国が近づいたなら、あいつらみんな右大臣、左大臣にでもなるつもりなのか、馬鹿な奴らだ。その日のパンにも困っていて、私がやりくりしてあげないことには、みんな飢《う》え死《じに》してしまうだけじゃないのか。私はあの人に説教させ、群集からこっそり賽銭《さいせん》を巻き上げ、また、村の物持ちから供物を取り立て、宿舎の世話から日常衣食の購求まで、煩《はん》をいとわず、してあげていたのに、あの人はもとより弟子の馬鹿どもまで、私に一言のお礼も言わない。お礼を言わぬどころか、あの人は、私のこんな隠れた日々の苦労をも知らぬ振りして、いつでも大変な贅沢《ぜいたく》を言い、＊五つのパンと魚が二つ在《あ》るきりの時でさえ、目前の大群集みなに食物を与えよ、などと無理難題を言いつけなさって、私は陰で実に苦しいやり繰りをして、どうやら、その命じられた食いものを、まあ、買い調えることが出来るのです。謂《い》わば、私はあの人の奇蹟《きせき》の手伝いを、危い手品の助手を、これまで幾度となく勤めて来たのだ。私はこう見えても、決して＊吝嗇《りんしょく》の男じゃ無い。それどころか私は、よっぽど高い趣味家なのです。私はあの人を、美しい人だと思っている。私から見れば、子供のように慾《よく》が無く、私が日々のパンを得るために、お金をせっせと貯《た》めたっても、すぐにそれを一厘《りん》残さず、むだな事に使わせてしまって。けれども私は、それを恨《うら》みに思いません。あの人は美しい人なのだ。私は、もともと貧しい商人ではありますが、それでも精神家というものを理解していると思っています。だから、あの人が、私の辛苦《しんく》して貯めて置いた粒々の小金を、どんなに馬鹿らしくむだ使いしても、私は、なんとも思いません。思いませんけれども、それならば、たまには私にも、優しい言葉の一つ位《くらい》は掛けてくれてもよさそうなのに、あの人は、いつでも私に意地悪くしむけるのです。一度、あの人が、春の海辺をぶらぶら歩きながら、ふと、私の名を呼び、「おまえにも、お世話になるね。おまえの寂しさは、わかっている。けれども、そんなにいつも不機嫌《ふきげん》な顔をしていては、いけない。*寂しいときに、寂しそうな面容《おももち》をするのは、それは偽善者のすることなのだ。寂しさを人にわかって貰《もら》おうとして、ことさらに顔色を変えて見せているだけなのだ。まことに神を信じているならば、おまえは、寂しい時でも素知らぬ振りして顔を綺麗《きれい》に洗い、頭に膏《あぶら》を塗り、微笑《ほほえ》んでいなさるがよい。わからないかね。寂しさを、人にわかって貰わなくても、どこか眼に見えないところにいるお前の誠の父だけが、わかっていて下さったなら、それでよいではないか。そうではないかね。寂しさは、誰にだって在るのだよ。」そうおっしゃってくれて、私はそれを聞いてなぜだか声出して泣きたくなり、いいえ、私は天の父にわかって戴《いただ》かなくても、また世間の者に知られなくても、ただ、あなたお一人さえ、おわかりになっていて下さったら、それでもう、よいのです。私はあなたを愛しています。ほかの弟子たちが、どんなに深くあなたを愛していたって、それとは較《くら》べものにならないほどに愛しています。誰よりも愛しています。ペテロやヤコブたちは、ただ、あなたについて歩いて、何かいいこともあるかと、それればかりを考えているのです。けれども、私だけは知っています。あなたについて歩いたって、なんの得《とく》するところも無いということを知っています。それでいながら、私はあなたから離れることが出来ません。どうしたのでしょう。あなたが此《こ》の世にいなくなったら、私もすぐに死にます。生きていることが出来ません。私には、いつでも一人でこっそり考えていることが在るんです。それはあなたが、くだらない弟子たち全部から離れて、また天の父の御教えとやらを説かれることもお止《よ》しになり、つつましい民のひとりとして、お母のマリヤ様と、私と、それだけで静かな一生を、永《なが》く暮して行くことであります。私の村には、まだ私の小さい家が残って在ります。年老いた父も母も居ります。ずいぶん広い桃畠《ももばたけ》もあります。春、いまごろは、桃の花が咲いて見事であります。一生、安楽にお暮しできます。私がいつでもお傍《そば》について、御奉公《ごほうこう》申し上げたく思います。よい奥さまをおもらいなさいまし。そう私が言ったら、あの人は、薄くお笑いになり、「ペテロやシモンは漁人《すなどり》だ。美しい桃の畠も無い。ヤコブもヨハネも赤貧の漁人《すなどり》だ。あのひとたちには、そんな、一生を安楽に暮せるような土地が、どこにも無いのだ。」と低く独りごとのように呟《つぶや》いて、また海辺を静かに歩きつづけたのでしたが、後にもさきにも、あの人と、しんみりお話できたのは、そのとき一度だけで、あとは、決して私に打ち解けて下さったことが無かった。私はあの人を愛している。

あの人が死ねば、私も一緒に死ぬのだ。あの人は、誰のものでもない。私のものだ。あの人を他人に手渡すくらいなら、手渡すまえに、私はあの人を殺してあげる。父を捨て、母を捨て、生れた土地を捨てて、私はきょう迄《まで》、あの人について歩いて来たのだ。私は天国を信じない。神も信じない。あの人の復活も信じない。なんであの人が、イスラエルの王なものか。馬鹿な弟子どもは、あの人を神の御子だと信じていて、そうして神の国の福音《ふくいん》とかいうものを、あの人から伝え聞いては、浅間《あさま》しくも、*欣喜雀躍《きんきじゃくやく》している。今にがっかりするのが、私にはわかっています。*おのれを高うする者は卑《ひく》うせられ、おのれを卑《ひく》うする者は高うせられると、あの人は約束なさったが、世の中、そんなに甘くいってたまるものか。あの人は嘘《うそ》つきだ。言うこと言うこと、一から十まで出鱈目《でたらめ》だ。私はてんで信じていない。けれども私は、あの人の美しさだけは信じている。あんな美しい人はこの世に無い。私はあの人の美しさを、純粋に愛している。それだけだ。私は、なんの報酬も考えていない。あの人について歩いて、やがて天国が近づき、その時こそは、あっぱれ右大臣、左大臣になってやろうなどと、そんなさもしい根性は持っていない。私は、ただ、あの人から離れたくないのだ。ただ、あの人の傍にいて、あの人の声を聞き、あの人の姿を眺めて居ればそれでよいのだ。そうして、出来ればあの人に説教などを止してもらい、私とたった二人きりで一生永く生きていてもらいたいのだ。あああ、そうなったら！　私はどんなに仕合《しあわ》せだろう。私は今の、此《こ》の、現世の喜びだけを信じる。次の世の審判など、私は少しも怖れていない。あの人は、私の此の無報酬の、純粋の愛情を、どうして受け取って下さらぬのか。ああ、あの人を殺して下さい。旦那さま。私はあの人の居所《いどころ》を知って居ります。御案内申し上げます。あの人は私を賤《いや》しめ、憎悪して居ります。私は、きらわれて居ります。私はあの人や、弟子たちのパンのお世話を申し、日日の飢渇から救ってあげているのに、どうして私を、あんなに意地悪く軽蔑するのでしょう。お聞き下さい。六日まえのことでした。あの人は*ベタニヤのシモンの家で食事をなさっていたとき、あの村の*マルタ奴《め》の妹のマリヤが、*ナルドの香油《こうゆ》を一ぱい満たして在る石膏《せっこう》の壺をかかえて饗宴《きょうえん》の室にこっそり這入《はい》って来て、だしぬけに、その油をあの人の頭にざぶと注いで御足まで濡《ぬ》らしてしまって、それでも、その失礼を詫《わ》びるどころか、落ちついてしゃがみ、マリヤ自身の髪の毛で、あの人の濡れた両足をていねいに拭《ぬぐ》ってあげて、香油の匂《にお》いが室に立ちこもり、まことに異様な風景でありましたので、私は、なんだか無性《むしょう》に腹が立って来て、失礼なことをするな！　と、その妹娘に怒鳴ってやりました。これ、このようにお着物が濡れてしまったではないか、それに、こんな高価な油をぶちまけてしまって、もったいないと思わないか、なんというお前は馬鹿な奴だ。これだけの油だったら、*三百デナリもするではないか、この油を売って、三百デナリ儲《もう》けて、その金をば貧乏人に施《ほどこ》してやったら、どんなに貧乏人が喜ぶか知れない。無駄なことをしては困るね、と私は、さんざ叱《しか》ってやりました。すると、あの人は、私のほうを屹《き》っと見て、「この女を叱ってはいけない。この女のひとは、大変いいことをしてくれたのだ。貧しい人にお金を施すのは、おまえたちには、これからあとあと、いくらでも出来ることではないか。私には、もう施しが出来なくなっているのだ。そのわけは言うまい。この女のひとだけは知っている。この女が私のからだに香油を注いだのは、私の葬《とむら》いの備えをしてくれたのだ。おまえたちも覚えて置くがよい。全世界、どこの土地でも、私の短い一生を言い伝えられる処《ところ》には、必ず、この女の今日の仕草《しぐさ》も記念として語り伝えられるであろう。」そう言い結んだ時に、あの人の青白い頬は幾分、上気して赤くなっていました。私は、あの人の言葉を信じません。れいに依《よ》って大袈裟《おおげさ》なお芝居であると思い、平気で聞き流すことが出来ましたが、それよりも、その時、あの人の声に、また、あの人の瞳《ひとみ》の色に、いままで嘗《か》つて無かった程《ほど》の異様なものが感じられ、私は瞬時戸惑いして、更《さら》にあの人の幽《かす》かに赤らんだ頬と、うすく涙に潤《うる》んでいる瞳とを、つくづく見直し、はッと思い当ることがありました。ああ、いまわしい、口に出すさえ無念至極《むねんしごく》のことであります。あの人は、こんな貧しい百姓女に恋、では無いが、まさか、そんな事は絶対に無いのですが、でも、危い、それに似たあやしい感情を抱いたのではないか？　あの人ともあろうものが。あんな無智《むち》な百姓女ふぜいに、そよとでも特殊な愛を感じたとあれば、それは、なんという失態。取りかえしの出来ぬ大醜聞《だいしゅうぶん》。私は、ひとの恥辱《ちじょく》となるような感情を嗅《か》ぎわけるのが、生れつき巧みな男であります。自分でもそれを下品な嗅覚《きゅうかく》だと思い、いやでありますが、ちらと一目《ひとめ》見ただけで、人の弱点を、あやまたず見届けてしまう鋭敏の才能を持って居ります。あの人が、たとえ微弱にでも、あの無学の百姓女に、特別の感情を動かしたということは、やっぱり間違いありません。私の眼には狂いが無い筈《はず》だ。たしかにそうだ。ああ、我慢ならない。堪忍《かんにん》ならない。私は、あの人も、こんな体《てい》たらくでは、もはや駄目《だめ》だと思いました。醜態《しゅうたい》の極だと思いました。あの人はこれまで、どんなに女に好かれても、いつでも美しく、水のように静かであった。いささかも取り乱すことが無かったのだ。ヤキがまわった。だらしが無《ね》え。あの人だってまだ若いのだし、それは無理もないと言えるかも知れぬけれど、そんなら私だって同じ年だ。しかも、あの人より二月《ふたつき》おそく生れているのだ。若さに変りは無い筈だ。それでも私は堪えている。あの人ひとりに心を捧《ささ》げ、これ迄《まで》どんな女にも心を動かしたことは無いのだ。マルタの妹のマリヤは、姉のマルタが骨組頑《がん》丈《じょう》で牛のように大きく、気象も荒く、どたばた立ち働くのだけが取柄《とりえ》で、なんの見どころも無い百姓女でありますが、あれは違って骨も細く、皮膚は透きとおる程《ほど》の青白さで、手足もふっくらして小さく、湖水のように深く澄んだ大きい眼が、いつも夢みるように、うっとり遠くを眺めていて、あの村では皆、不思議がっているほどの気高い娘でありました。私だって思っていたのだ。町へ出たとき、何か白絹でも、こっそり買って来てやろうと思っていたのだ。ああ、もう、わからなくなりました。私は何を言っているのだ。そうだ、私は口惜《くや》しいのです。なんのわけだか、わからない。地団駄《じだんだ》踏むほど無念なのです。あの人が若いなら、私だって若い。私は才能ある、家も畠もある立派な青年です。それでも私は、あの人のために私の特権全部を捨てて来たのです。だまされた。あの人は、嘘つきだ。旦那さま。あの人は、私の女をとったのだ。いや、ちがった！　あの女が、私からあの人を奪ったのだ。ああ、それもちがう。私の言うことは、みんな出鱈目だ。一言も信じないで下さい。わからなくなりました。ごめん下さいまし。ついつい根も葉も無いことを申しました。そんな浅墓《あさはか》な事実なぞ、みじんも無いのです。醜《みにく》いことを口走りました。だけれども、私は、口惜しいのです。胸を掻《か》きむしりたいほど、口惜しかったのです。なんのわけだか、わかりませぬ。ああ、ジェラシイというのは、なんてやりきれない悪徳だ。私がこんなに、命を捨てるほどの思いであの人を慕い、きょうまでつき随《したが》って来たのに、私には一つの優しい言葉も下さらず、かえってあんな賤《いや》しい百姓女の身の上を、御頬を染めて迄《まで》かばっておやりなさった。ああ、やっぱり、あの人はだらしない。ヤキがまわった。もう、あの人には見込みがない。凡夫《ぼんぷ》だ。ただの人だ。死んだって惜しくはない。そう思ったら私は、ふいと恐ろしいことを考えるようになりました。悪魔に魅《み》こまれたのかも知れませぬ。そのとき以来、あの人を、いっそ私の手で殺してあげようと思いました。いずれは殺されるお方《かた》にちがいない。またあの人だって、無理に自分を殺させるように仕向けているみたいな様子が、ちらちら見える。私の手で殺してあげる。他人の手で殺させたくはない。あの人を殺して私も死ぬ。旦那さま、泣いたりしてお恥ずかしゅう思います。はい、もう泣きませぬ。はい、はい。落ちついて申し上げます。そのあくる日、私たちは愈愈《いよいよ》あこがれのエルサレムに向い、出発いたしました。大群集、老いも若きも、あの人のあとにつき従い、やがて、エルサレムの宮が間近になったころ、あの人は、一匹の老いぼれた驢馬《ろば》を道ばたで見つけて、微笑してそれに打ち乗り、これこそは、「シオンの娘よ、懼《おそ》るな、視《み》よ、なんじの王は驢馬の子に乗りて来り給う。」と予言されてある通りの形なのだと、弟子たちに晴れがましい顔をして教えましたが、私ひとりは、なんだか浮かぬ気持でありました。なんという、あわれな姿であったでしょう。待ちに待った過越《すぎこし》の祭、エルサレム宮に乗り込む、これが、あのダビデの御子《みこ》の姿であったのか。あの人の一生の念願とした晴れの姿は、この老いぼれた驢馬に跨《またが》り、とぼとぼ進むあわれな景観であったのか。私には、もはや、憐憫《れんびん》以外のものは感じられなくなりました。実に悲惨な、愚かしい茶番狂言を見ているような気がして、ああ、もう、この人も落目《おちめ》だ。一日生き延びれば、生き延びただけ、あさはかな醜態をさらすだけだ。花は、しぼまぬうちこそ、花である。美しい間に、剪《き》らなければならぬ。あの人を、一ばん愛しているのは私だ。どのように人から憎まれてもいい。一日も早くあの人を殺してあげなければならぬと、私は、いよいよ此《こ》のつらい決心を固めるだけでありました。群集は、刻一刻とその数を増し、あの人の通る道々に、赤、青、黄、色とりどりの彼等の着物をほうり投げ、あるいは棕櫚《しゅろ》の枝を伐《き》って、その行く道に敷きつめてあげて、歓呼にどよめき迎えるのでした。かつ前にゆき、あとに従い、右から、左から、まつわりつくようにして果ては大浪《おおなみ》の如《ごと》く、驢馬とあの人をゆさぶり、ゆさぶり、「ダビデの子にホサナ、讃《ほ》むべきかな、主の御名によりて来る者、いと高き処にて、ホサナ。」*と熱狂して口々に歌うのでした。ペテロやヨハネやバルトロマイ、そのほか全部の弟子共《ども》は、ばかなやつ、すでに天国を目のまえに見たかのように、まるで凱旋《がいせん》の将軍につき従っているかのように、有頂天《うちょうてん》の歓喜で互いに抱き合い、涙に濡れた接吻《せっぷん》を交し、一徹者のペテロなど、ヨハネを抱きかかえたまま、わあわあ大声で嬉し泣きに泣き崩れていました。その有様を見ているうちに、さすがに私も、この弟子たちと一緒に艱難《かんなん》を冒《おか》して布教に歩いて来た、その忍苦困窮《にんくこんきゅう》の日々を思い出し、不覚にも、目がしらが熱くなって来ました。かくしてあの人は宮に入り、驢馬から降りて、何思ったか、縄を拾い之《これ》を振りまわし、宮の境内《けいだい》の、両替する者の台やら、鳩《はと》売る者の腰掛けやらを打ち倒し、また、売り物に出ている牛、羊をも、その縄の鞭《むち》でもって全部、宮から追い出して、境内にいる大勢の商人たちに向い、「おまえたち、みな出て失せろ、私の父の家を、商いの家にしてはならぬ。」と甲高《かんだか》い声で怒鳴るのでした。あの優しいお方が、こんな酔っぱらいのような、つまらぬ乱暴を働くとは、どうしても少し気がふれているとしか、私には思われませんでした。傍の人もみな驚いて、これはどうしたことですか、とあの人に訊《たず》ねると、あの人の息《いき》せき切って答えるには、「おまえたち、この宮をこわしてしまえ、私は三日の間に、また建て直してあげるから。」ということだったので、さすが愚直の弟子たちも、あまりに無鉄砲《むてっぽう》なその言葉には、信じかねて、ぽかんとしてしまいました。けれども私は知っていました。所詮《しょせん》はあの人の、幼い強がりにちがいない。あの人の信仰とやらでもって、万事成らざるは無しという気概のほどを、人々に見せたかったのに違いないのです。それにしても、縄の鞭を振りあげて、無力な商人を追い廻したりなんかして、なんて、まあ、けちな強がりなんでしょう。あなたに出来る精一ぱいの反抗は、たったそれだけなのですか、鳩売りの腰掛けを蹴散《けち》らすだけのことなのですか、と私は憫笑《びんしょう》しておたずねしてみたいとさえ思いました。もはやこの人は駄目なのです。破れかぶれなのです。自重自愛を忘れてしまった。自分の力では、この上もう何も出来ぬということを此《こ》の頃そろそろ知り始めた様子ゆえ、あまりボロの出ぬうちに、わざと祭司長に捕えられ、この世からおさらばしたくなって来たのでありましょう。私は、それを思った時、はっきりあの人を諦《あきら》めることが出来ました。そうして、あんな気取り屋の坊ちゃんを、これまで一途《いちず》に愛して来た私自身の愚かさをも、容易に笑うことが出来ました。やがてあの人は宮に集《あつま》る大群の民を前にして、これまで述べた言葉のうちで一ばんひどい、無礼傲慢の暴言を、滅茶苦茶《めちゃくちゃ》に、わめき散らしてしまったのです。左様《さよう》、たしかに、やけくそです。私はその姿を薄汚くさえ思いました。殺されたがって、うずうずしていやがる。「＊禍害《わざわい》なるかな、偽善なる学者、パリサイ人よ、汝《なんじ》らは酒杯《さかずき》と皿との外を潔《きよ》くす、然《しか》れども内は貪慾《どんよく》と放縦とにて満つるなり。禍害なるかな、偽善なる学者、パリサイ人よ、汝らは白く塗りたる墓に似たり、外は美しく見ゆれども、内は死人の骨とさまざまの穢《けがれ》とに満つ。斯《かく》のごとく汝らも外は正しく見ゆれども、内は偽善と不法とにて満つるなり。蛇よ、蝮《まむし》の裔《すえ》よ、なんじら争《いか》で、ゲヘナの刑罰を避け得んや。ああエルサレム、エルサレム、予言者たちを殺し、遣されたる人々を石にて撃《う》つ者よ、牝鶏《めんどり》のその雛《ひな》を翼の下に集むるごとく、我なんじの子らを集めんと為《せ》しこと幾度ぞや、然《さ》れど、汝らは好まざりき。」馬鹿なことです。噴飯《ふんぱん》ものだ。口真似《くちまね》するのさえ、いまわしい。たいへんな事を言う奴だ。あの人は、狂ったのです。まだそのほかに、＊饑饉《ききん》があるの、地震が起るの、星は空より堕《お》ち、月は光を放たず、地に満つ人の死《し》骸《がい》のまわりに、それをついばむ鷲《わし》が集《あつま》るの、人はそのとき哀哭《なげき》、切歯《はがみ》することがあろうだの、実に、とんでも無い暴言を口から出まかせに言い放ったのです。なんという思慮のないことを、言うのでしょう。思い上りも甚《はなは》だしい。ばかだ。身のほど知らぬ。いい気なものだ。もはや、あの人の罪は、まぬかれぬ。必ず十字架。それにきまった。

祭司長や民の長老たちが、＊大祭司カヤパの中庭にこっそり集って、あの人を殺すことを決議したとか、私はそれを、きのう町の物売りから聞きました。もし群集の目前であの人を捕えたならば、あるいは群集が暴動を起すかも知れないから、あの人と弟子たちとだけの居るところを見つけて役所に知らせてくれた者には銀三十を与えるということをも、耳にしました。もはや猶予《ゆうよ》の時ではない。あの人は、どうせ死ぬのだ。ほかの人の手で、下役《したやく》たちに引き渡すよりは、私が、それを為そう。きょうまで私の、あの人に捧げた一すじなる愛情の、これが最後の挨拶だ。私の義務です。私があの人を売ってやる。つらい立場だ。誰がこの私のひたむきの愛の行為を、正当に理解してくれることか。いや、誰に理解されなくてもいいのだ。私の愛は純粋の愛だ。人に理解してもらう為《ため》の愛では無い。そんなさもしい愛では無いのだ。私は永遠に、人の憎しみを買うだろう。

けれども、この純粋の愛の貪慾のまえには、どんな刑罰も、どんな地獄の業火《ごうか》も問題でない。私は私の生き方を生き抜く。身震《みぶる》いするほどに固く決意しました。私は、ひそかによき折を、うかがっていたのであります。いよいよ、お祭りの当日になりました。私たち師弟十三人は丘の上の古い料理屋の、薄暗い二階座敷を借りてお祭りの宴会を開くことにいたしました。みんな食卓に着いて、いざお祭りの夕餐《ゆうげ》を始めようとしたとき、あの人は、つと立ち上り、黙って上衣《うわぎ》を脱いだので、私たちは一体なにをお始めなさるのだろうと不審に思って見ているうちに、あの人は卓の上の水甕《みずがめ》を手にとり、その水甕の水を、部屋の隅に在った小さい盥《たらい》*に注ぎ入れ、それから純白の手巾をご自身の腰にまとい、盥の水で弟子たちの足を順々に洗って下さったのであります。弟子たちには、その理由がわからず、度を失って、うろうろするばかりでありましたけれど、私には何やら、あの人の秘めた思いがわかるような気持でありました。あの人は、寂しいのだ。極度に気が弱って、いまは、無智な頑迷《がんめい》の弟子たちにさえ縋《すが》りつきたい気持になっているのにちがいない。可哀想《かわいそう》に。あの人は自分の逃れ難い運命を知っていたのだ。その有様を見ているうちに、私は、突然、強力な嗚咽《おえつ》が喉《のど》につき上げて来るのを覚えた。矢庭《やにわ》にあの人を抱きしめ、共に泣きたく思いました。おう可哀想に、あなたを罪してなるものか。あなたは、いつでも優しかった。あなたは、いつでも正しかった。あなたは、いつでも貧しい者の味方だった。そうしてあなたは、いつでも光るばかりに美しかった。あなたは、まさしく神の御子だ。私はそれを知っています。おゆるし下さい。私はあなたを売ろうとして此《こ》の二、三日、機会をねらっていたのです。もう今はいやだ。あなたを売るなんて、なんという私は無法なことを考えていたのでしょう。御安心なさいまし。もう今からは、五百の役人、千の兵隊が来たとても、あなたのおからだに指一本ふれさせることは無い。あなたは、いま、つけねらわれているのです。危い。いますぐ、ここから逃げましょう。ペテロも来い、ヤコブも来い、ヨハネも来い、みんな来い。われらの優しい主を護り、一生永く暮して行こう、と心の底からの愛の言葉が、口に出しては言えなかったけれど、胸に沸きかえって居りました。きょうまで感じたことの無かった一種崇高《すうこう》な霊感に打たれ、熱いお詫びの涙が気持よく頰を伝って流れて、やがてあの人は私の足をも静かに、ていねいに洗って下され、腰にまとって在った手巾で柔かく拭《ふ》いて、ああ、そのときの感触は。そうだ、私はあのとき、天国を見たのかも知れない。私の次には、ピリポの足を、その次にはアンデレの足を、そうして、次に、ペテロの足を洗って下さる順番になったのですが、ペテロは、あのように愚かな正直者でありますから、不審の気持を隠して置くことが出来ず、主よ、あなたはどうして私の足などお洗いになるのです、と多少不満げに口を尖《とが》らして尋《たず》ねました。あの人は、「ああ、私のすることは、おまえには、わかるまい。あとで、思い当ることもあるだろう。」と穏《おだや》かに言いさとし、ペテロの足もとにしゃがんだのだが、ペテロは尚《なお》も頑強《がんきょう》にそれを拒んで、いいえ、いけません。永遠に私の足などお洗いになってはなりませぬ。もったいない、とその足をひっこめて言い張りました。すると、あの人は少し声を張り上げて、「私がもし、おまえの足を洗わないなら、おまえと私とは、もう何の関係も無いことになるのだ。」と随分、思い切った強いことを言いましたので、ペテロは大あわてにあわて、ああ、ごめんなさい、それならば、私の足だけでなく、手も頭も思う存分に洗って下さい、と平身低頭して頼みいりましたので、私は思わず噴き出してしまい、ほかの弟子たちも、そっと微笑み、なんだか部屋が明るくなったようでした。あの人も少し笑いながら、「ペテロよ、足だけ洗えば、もうそれで、おまえの全身は潔《きよ》いのだ、ああ、おまえだけでなく、ヤコブも、ヨハネも、みんな汚れの無い、潔いからだになったのだ。けれども、」と言いかけてすっと腰を伸ばし、瞬時、苦痛に耐えかねるような、とても悲しい眼つきをなされ、すぐにその眼をぎゅっと固くつぶり、つぶったままで言いました。「みんなが潔ければいいのだが。」はッと思った。やられた！　私のことを言っているのだ。私があの人を売ろうとたくらんでいた寸刻以前までの暗い気持を見抜いていたのだ。けれども、その時は、ちがっていたのだ。断然、私は、ちがっていたのだ！　私は潔くなっていたのだ。私の心は変っていたのだ。ああ、あの人はそれを知らない。それを知らない。ちがう！　ちがいます、と喉まで出かかった絶叫を、私の弱い卑屈《ひくつ》な心が、唾《つば》を呑《の》みこむように、呑みくだしてしまった。言えない。何も言えない。あの人からそう言われてみれば、私はやはり潔くなっていないのかも知れないと気弱く肯定する僻《ひが》んだ気持が頭をもたげ、とみるみるその卑屈の反省が、醜く、黒くふくれあがり、私の五臓《ごぞう》六腑《ろっぷ》を駈《か》けめぐって、逆にむらむら憤怒《ふんぬ》の念が炎を挙げて噴出したのだ。ええっ、だめだ。私は、だめだ。あの人に心の底から、きらわれている。売ろう。売ろう。あの人を、殺そう。そうして私も共に死ぬのだ、と前からの決意に再び眼覚め、私はいまは完全に、復讐《ふくしゅう》の鬼になりました。あの人は、私の内心の、ふたたび三たび、どんでん返して変化した大動乱には、お気づきなさることの無かった様子で、やがて上衣をまとい服装を正し、ゆったりと席に坐《すわ》り、実に蒼《あお》ざめた顔をして、「私がおまえたちの足を洗ってやったわけを知っているか。おまえたちは私を主と称《たた》え、また師と称えているようだが、それは間違いないことだ。私はおまえたちの主、または師なのに、それでもなお、おまえたちの足を洗ってやったのだから、おまえたちもこれからは互いに仲好く足を洗い合ってやるように心がけなければなるまい。私は、おまえたちと、いつ迄《まで》も一緒にいることが出来ないかも知れぬから、いま、この機会に、おまえたちに模範を示してやったのだ。

私のやったとおりに、おまえたちも行うように心がけなければならぬ。師は必ず弟子より優れたものなのだから、よく私の言うことを聞いて忘れぬようになさい。」ひどく物憂《ものう》そうな口調で言って、音無しく食事を始め、ふっと、「おまえたちのうちの、一人が、私を売る。」と顔を伏せ、呻《うめ》くような、歔欷《きょき》なさるような苦しげの声で言い出したので、弟子たちすべて、のけぞらんばかりに驚き、一斉に席を蹴って立ち、あの人のまわりに集っておのおの、主よ、私のことですか、主よ、それは私のことですかと、罵《のの》り騒《さわ》ぎ、あの人は死ぬる人のように幽かに首を振り、「私がいま、その人に一つまみのパンを与えます。その人は、ずいぶん不仕合せな男なのです。ほんとうに、その人は、生れて来なかったほうが、よかった。」と意外にはっきりした語調で言って、一つまみのパンをとり腕をのばし、あやまたず私の口にひたと押し当てました。私も、もうすでに度胸がついていたのだ。恥じるよりは憎んだ。あの人の今更《いまさら》ながらの意地悪さを憎んだ。このように弟子たち皆の前で公然と私を辱《はず》かしめるのが、あの人の之《これ》までの仕来《しきた》りなのだ。火と水と。永遠に解け合う事の無い宿命が、私とあいつとの間に在るのだ。犬か猫に与えるように、一つまみのパン屑《くず》を私の口に押し入れて、それがあいつのせめてもの腹いせだったのか。ははん。ばかな奴だ。旦那さま、あいつは私に、おまえの為すことを速《すみや》かに為せと言いました。私はすぐに料亭から走り出て、夕闇の道をひた走りに走り、ただいまここに参りました。そうして急ぎ、このとおり訴え申し上げました。さあ、あの人を罰して下さい。どうとも勝手に、罰して下さい。捕えて、棒で殴って素裸にして殺すがよい。もう、もう私は我慢ならない。あれは、いやな奴です。ひどい人だ。私を今まで、あんなにいじめた。はははは、ちきしょうめ。あの人はいま、*ケデロンの小川の彼方、*ゲッセマネの園にいます。もうはや、あの二階座敷の夕餐《ゆうさん》もすみ、弟子たちと共にゲッセマネの園に行き、いまごろは、きっと天へお祈りを捧げている時刻です。弟子たちのほかには誰も居りません。今なら難なくあの人を捕えることが出来ます。ああ、小鳥が啼《な》いて、うるさい。今夜はどうしてこんなに夜鳥の声が耳につくのでしょう。私がここへ駈け込む途中の森でも、小鳥がピイチク啼いて居りました。夜に囀《さえず》る小鳥は、めずらしい。私は子供のような好奇心でもって、その小鳥の正体を一目《ひとめ》見たいと思いました。立ちどまって首をかしげ、樹々の梢《こずえ》をすかして見ました。ああ、私はつまらないことを言っています。ごめん下さい。旦那さま、お仕度《したく》は出来ましたか。ああ楽しい。いい気持。今夜は私にとっても最後の夜だ。旦那さま、旦那さま、今夜これから私とあの人と立派に肩を接して立ち並ぶ光景を、よく見て置いて下さいまし。私は今夜あの人と、ちゃんと肩を並べて立ってみせます。あの人を怖れることは無いんだ。卑下《ひげ》することは無いんだ。私はあの人と同じ年だ。同じ、すぐれた若いものだ。ああ、小鳥の声が、うるさい。耳についてうるさい。どうして、こんなに小鳥が騒ぎまわっているのだろう。ピイチクピイチク、何を騒いでいるのでしょう。おや、そのお金は？　私に下さるのですか、あの、私に、三十銀。なる程《ほど》、はははは。いや、お断り申しましょう。殴られぬうちに、その金ひっこめたらいいでしょう。金が欲しくて訴え出たのでは無いんだ。ひっこめろ！　いいえ、ごめんなさい、いただきましょう。そうだ、私は商人だったのだ。金銭ゆえに、私は優美なあの人から、いつも軽蔑されて来たのだっけ。いただきましょう。私は所詮、商人だ。いやしめられている金銭で、あの人に見事、復讐してやるのだ。これが私に、一ばんふさわしい復讐の手段だ。ざまあみろ！　銀三十で、あいつは売られる。私は、ちっとも泣いてやしない。私は、あの人を愛していない。はじめから、みじんも愛していなかった。はい、旦那さま。私は嘘ばかり申し上げました。私は、金が欲しさにあの人について歩いていたのです。おお、それにちがい無い。あの人が、ちっとも私に儲けさせてくれないと今夜見極めがついたから、そこは商人、素速く寝返りを打ったのだ。金。世の中は金だけだ。銀三十、なんと素晴らしい。いただきましょう。私は、けちな商人です。欲しくてならぬ。はい、有難う存じます。はい、はい。申しおくれました。私の名は、商人のユダ。へっへ。イスカリオテのユダ。*

走れメロス

メロスは激怒した。必ず、かの*邪智暴虐《じゃちぼうぎゃく》の王を除かなければならぬと決意した。メロスには政治がわからぬ。メロスは、村の牧人である。笛を吹き、羊と遊んで暮して来た。けれども邪悪に対しては、人一倍に敏感であった。きょう未明メロスは村を出発し、野を越え山越え、十里はなれた此《こ》の*シラクスの市にやって来た。メロスには父も、母も無い。女房も無い。十六の、内気な妹と二人暮しだ。この妹は、村の或《あ》る律気《りちぎ》な一牧人を、近々、花婿《はなむこ》として迎える事になっていた。結婚式も間近かなのである。メロスは、それゆえ、花嫁の衣裳《いしょう》やら祝宴の御馳走《ごちそう》やらを買いに、はるばる市にやって来たのだ。先《ま》ず、その品々を買い集め、それから都の大路をぶらぶら歩いた。メロスには*竹馬《ちくば》の友があった。セリヌンティウスである。今は此のシラクスの市で、石工をしている。その友を、これから訪ねてみるつもりなのだ。久しく逢《あ》わなかったのだから、訪ねて行くのが楽しみである。歩いているうちにメロスは、まちの様子を怪《あや》しく思った。ひっそりしている。

もう既に日も落ちて、まちの暗いのは当りまえだが、けれども、なんだか、夜のせいばかりでは無く、市全体が、やけに寂しい。のんきなメロスも、だんだん不安になって来た。路《みち》で逢った若い衆をつかまえて、何かあったのか、二年まえに此《こ》の市に来たときは、夜でも皆が歌をうたって、まちは賑《にぎ》やかであった筈《はず》だが、と質問した。若い衆は、首を振って答えなかった。しばらく歩いて老爺《ろうや》に逢い、こんどはもっと、語勢を強くして質問した。老爺は答えなかった。メロスは両手で老爺のからだをゆすぶって質問を重ねた。老爺は、あたりをはばかる低声で、わずか答えた。

「王様は、人を殺します。」

「なぜ殺すのだ。」

「*悪心《あくしん》を抱いている、というのですが、誰もそんな、悪心を持っては居《お》りませぬ。」

「たくさんの人を殺したのか。」

「はい、はじめは王様の妹婿さまを。それから、御自身のお世嗣《よつぎ》を。それから、妹さまを。それから、妹さまの御子さまを。それから、皇后《こうごう》さまを。それから、賢臣のアレキス様を。」

「おどろいた。国王は*乱心か。」

「いいえ、乱心ではございませぬ。人を、信ずる事が出来ぬ、というのです。このごろは、臣下の心をも、お疑いになり、少しく派手な暮しをしている者には、人質ひとりずつ差し出すことを命じて居ります。御命令を拒めば十字架にかけられて、殺されます。きょうは、六人殺されました。」

聞いて、メロスは激怒した。「呆《あき》れた王だ。生かして置けぬ。」

メロスは、単純な男であった。買い物を、背負ったままで、のそのそ王城にはいって行った。たちまち彼は、巡邏《じゅんら》の警吏《けいり》に捕縛された。調べられて、メロスの懐中《かいちゅう》からは短剣が出て来たので、騒ぎが大きくなってしまった。メロスは、王の前に引き出された。

「この短刀で何をするつもりであったか。言え！」暴君ディオニスは静かに、けれども威厳《いげん》を以《もっ》て問いつめた。その王の顔は蒼白《そうはく》で、眉間《みけん》の皺《しわ》は、刻み込まれたように深かった。

「市を暴君の手から救うのだ。」とメロスは悪びれずに答えた。

「おまえがか？」王は、憫笑《びんしょう》した。「仕方の無いやつじゃ。おまえには、わしの孤独がわからぬ。」

「言うな！」とメロスは、いきり立って反駁《＊はんばく》した。「人の心を疑うのは、最も恥ずべき悪徳だ。王は、民の忠誠をさえ疑って居られる。」

「疑うのが、正当の心構えなのだと、わしに教えてくれたのは、おまえたちだ。人の心は、あてにならない。人間は、もともと私慾《しよく》のかたまりさ。信じては、ならぬ。」暴君は落着いて呟《つぶや》き、ほっと溜息《ためいき》をついた。「わしだって、平和を望んでいるのだが。」

「なんの為《ため》の平和だ。自分の地位を守る為か。」こんどはメロスが嘲笑《ちょうしょう》した。「罪の無い人を殺して、何が平和だ。」

「だまれ、下賤《げせん》の者。」王は、さっと顔を挙げて報いた。「口では、どんな清らかな事でも言える。わしには、人の腹綿《はらわた》の奥底が見え透いてならぬ。おまえだって、いまに、磔《はりつけ》になってから、泣いて詫《わ》びたって聞かぬぞ。」

「ああ、王は悧巧《りこう》だ。自惚《うぬぼ》れているがよい。私は、ちゃんと死ぬる覚悟で居るのに。命乞《いのちご》いなど決してしない。ただ、――」と言いかけて、メロスは足もとに視線を落し瞬時ためらい、「ただ、私に情をかけたいつもりなら、処刑までに三日間の日限を与えて下さい。たった一人の妹に、亭主を持たせてやりたいのです。三日のうちに、私は村で結婚式を挙げさせ、必ず、ここへ帰って来ます。」

「ばかな。」と暴君は、嗄《しわが》れた声で低く笑った。「とんでもない嘘《うそ》を言うわい。逃がした小鳥が帰って来るというのか。」

「そうです。帰って来るのです。」メロスは必死で言い張った。「私は約束を守ります。私を、三日間だけ許して下さい。妹が、私の帰りを待っているのだ。そんなに私を信じられないならば、よろしい、この市にセリヌンティウスという石工がいます。私の無二の友人だ。あれを、人質としてここに置いて行こう。私が逃げてしまって、三日目の日暮まで、ここに帰って来なかったら、あの友人を絞《し》め殺《ころ》して下さい。たのむ。そうして下さい。」

それを聞いて王は、残虐な気持で、そっと北叟笑《ほくそえ》んだ。生意気なことを言うわい。どうせ帰って来ないにきまっている。この嘘つきに騙《だま》された振りして、放してやるのも面白い。そうして身代りの男を、三日目に殺してやるのも気味《きみ》がいい。人は、これだから信じられぬと、わしは悲しい顔して、その身代りの男を磔刑《たっけい》に処してやるのだ。世の中の、正直者とかいう奴輩《*やつばら》にうんと見せつけてやりたいものさ。

「願いを、聞いた。その身代りを呼ぶがよい。三日目には日没までに帰って来い。おくれたら、その身代りを、きっと殺すぞ。ちょっとおくれて来るがいい。おまえの罪は、永遠にゆるしてやろうぞ。」

「なに、何をおっしゃる。」

「はは。いのちが大事だったら、おくれて来い。おまえの心は、わかっているぞ。」

メロスは口惜しく、地団駄《じだんだ》踏んだ。ものも言いたくなくなった。

竹馬の友、セリヌンティウスは、深夜、王城に召された。暴君ディオニスの面前で、佳《よ》き友と佳き友は、二年ぶりで相逢うた。メロスは、友に一切の事情を語った。セリヌンティウスは無言で首肯《うなず》き、メロスをひしと抱きしめた。友と友の間は、それでよかった。セリヌンティウスは、縄打たれた。メロスは、すぐに出発した。初夏、満天の星である。

メロスはその夜、一睡《いっすい》もせず十里の路を急ぎに急いで、村へ到着したのは、翌《あく》る日の午前、陽は既に高く昇って、村人たちは野に出て仕事をはじめていた。メロスの十六の妹も、きょうは兄の代りに羊群の番をしていた。よろめいて歩いて来る兄の、疲労困憊《ひろうこんぱい》の姿を見つけて驚いた。そうして、うるさく兄に質問を浴びせた。

「なんでも無い。」メロスは無理に笑おうと努めた。「市に用事を残して来た。またすぐ市に行かなければならぬ。あす、おまえの結婚式を挙げる。早いほうがよかろう。」

妹は頬をあからめた。

「うれしいか。綺麗《きれい》な衣裳も買って来た。さあ、これから行って、村の人たちに知らせて来い。結婚式は、あすだと。」

メロスは、また、よろよろと歩き出し、家へ帰って神々の祭壇を飾り、祝宴の席を調え、間もなく床に倒れ伏し、呼吸もせぬくらいの深い眠りに落ちてしまった。

眼が覚めたのは夜だった。メロスは起きてすぐ、花婿の家を訪れた。そうして、少し事情があるから、結婚式を明日にしてくれ、と頼んだ。婿の牧人は驚き、それはいけない、こちらには未だ何の仕度《したく》も出来ていない、葡萄《ぶどう》の季節まで待ってくれ、と答えた。メロスは、待つことは出来ぬ、どうか明日にしてくれ給え、と更《さら》に押してたのんだ。婿の牧人も頑強《がんきょう》であった。なかなか承諾してくれない。夜明けまで議論をつづけて、やっと、どうにか婿をなだめ、すかして、説き伏せた。結婚式は、真昼に行われた。新郎新婦の、神々への宣誓が済んだころ、黒雲が空を覆《おお》い、ぽつりぽつり雨が降り出し、やがて車軸を流すような大雨となった。祝宴に列席していた村人たちは、何か不吉なものを感じたが、それでも、めいめい気持を引きたて、狭い家の中で、むんむん蒸し暑いのも怺《こら》え、陽気に歌をうたい、手を拍《う》った。メロスも、満面に喜色を湛《たた》え、しばらくは、王とのあの約束をさえ忘れていた。祝宴は、夜に入っていよいよ乱れ華やかになり、人々は、外の豪雨を全く気にしなくなった。メロスは、一生このままここにいたい、と思った。この佳い人たちと生涯暮して行きたいと願ったが、いまは、自分のからだで、自分のものでは無い。ままならぬ事である。メロスは、わが身に鞭打《むちう》ち、ついに出発を決意した。あすの日没までには、まだ十分の時が在《あ》る。ちょっと一眠りして、それからすぐに出発しよう、と考えた。その頃《ころ》には、雨も小降りになっていよう。少しでも永《なが》くこの家に愚図愚図《ぐずぐず》とどまっていたかった。メロスほどの男にも、やはり未練の情というもの

は在る。今宵《こよい》呆然《ぼうぜん》、歓喜に酔っているらしい花嫁に近寄り、

「おめでとう。私は疲れてしまったから、ちょっとご免こうむって眠りたい。眼が覚めたら、すぐに市に出かける。大切な用事があるのだ。私がいなくても、もうおまえには優しい亭主があるのだから、決して寂しい事は無い。おまえの兄の、一ばんきらいなものは、人を疑う事と、それから、嘘をつく事だ。おまえも、それは、知っているね。亭主との間に、どんな秘密でも作ってはならぬ。おまえに言いたいのは、それだけだ。おまえの兄は、たぶん偉い男なのだから、おまえもその誇りを持っていろ。」

花嫁は、夢見心地で首肯いた。メロスは、それから花婿の肩をたたいて、

「仕度の無いのはお互さまさ。私の家にも、宝といっては、妹と羊だけだ。他には、何も無い。全部あげよう。もう一つ、メロスの弟になったことを誇ってくれ。」

花婿は揉《も》み手《で》して、てれていた。メロスは笑って村人たちにも会釈《えしゃく》して、宴席から立ち去り、羊小屋にもぐり込んで、死んだように深く眠った。

眼が覚めたのは翌る日の薄明の頃である。メロスは跳ね起き、*南無三《なむさん》、寝過したか、いや、まだまだ大丈夫、これからすぐに出発すれば、約束の刻限までには十分間に合う。きょうは是非とも、あの王に、人の信実の存するところを見せてやろう。そうして笑って磔の台に上ってやる。メロスは、悠々と身仕度をはじめた。雨も、いくぶん小降りに

なっている様子である。身仕度は出来た。さて、メロスは、ぶるんと両腕を大きく振って、雨中、矢の如《ごと》く走り出た。

私は、今宵、殺される。殺される為に走るのだ。身代りの友を救う為に走るのだ。王の*奸佞《かんねい》邪智を打ち破る為に走るのだ。走らなければならぬ。そうして、私は殺される。若い時から名誉を守れ。さらば、ふるさと。若いメロスは、つらかった。幾度か、立ちどまりそうになった。えい、えいと大声挙げて自身を叱《しか》りながら走った。村を出て、野を横切り、森をくぐり抜け、隣村に着いた頃には、雨も止《や》み、日は高く昇って、そろそろ暑くなって来た。メロスは額《ひたい》の汗をこぶしで払い、ここまで来れば大丈夫、もはや故郷への未練は無い。妹たちは、きっと佳い夫婦になるだろう。私には、いま、なんの気がかりも無い筈《はず》だ。まっすぐに王城に行き着けば、それでよいのだ。そんなに急ぐ必要も無い。ゆっくり歩こう、と持ちまえの呑気《のんき》さを取り返し、好きな小歌をいい声で歌い出した。ぶらぶら歩いて二里行き三里行き、そろそろ全里程の半ばに到達した頃、降って湧《わ》いた災難、メロスの足は、はたと、とまった。見よ、前方の川を。きのうの豪雨で山の水源地は氾濫《はんらん》し、濁流滔々《とうとう》と下流に集《あつま》り、猛勢一挙に橋を破壊し、どうどうと響きをあげる激流が、木葉微塵《こっぱみじん》に橋桁《はしげた》を跳ね飛ばしていた。彼は茫然《ぼうぜん》と、立ちすくんだ。あちこちと眺めまわし、また、声を限りに呼びたててみたが、繋舟《けいしゅう》は残らず浪《なみ》に浚《さら》われて影なく、渡守り《わたしもり》の姿も見えない。流れはいよいよ、ふくれ上り、海のようになっている。メロスは川岸にうずくまり、男泣きに泣きながら*ゼウスに手を挙げて哀願した。「ああ、鎮《しず》めたまえ、荒れ狂う流れを！　時は刻々に過ぎて行きます。太陽も既に真昼時です。あれが沈んでしまわぬうちに、王城に行き着くことが出来なかったら、あの佳い友達が、私のために死ぬのです。」

　濁流は、メロスの叫びをせせら笑う如《ごと》く、ますます激しく躍り狂う。浪は浪を呑《の》み、捲《ま》き、煽《あお》り立《た》て、そうして時は、刻一刻と消えて行く。今はメロスも覚悟した。泳ぎ切るより他に無い。ああ、神々も照覧あれ！　濁流にも負けぬ愛と誠の偉大な力を、いまこそ発揮して見せる。メロスは、ざんぶと流れに飛び込み、百匹の大蛇のようにのた打ち荒れ狂う浪を相手に、必死の闘争を開始した。満身の力を腕にこめて、押し寄せ渦巻き引きずる流れを、なんのこれしきと掻《か》きわけ掻きわけ、めくらめっぽう*獅子《しし》奮迅《ふんじん》の人の子の姿には、神も哀れと思ったか、ついに憐愍《れんびん》を垂れてくれた。押し流されつつも、見事、対岸の樹木の幹に、すがりつく事が出来たのである。ありがたい。メロスは馬のように大きな胴震《どうぶる》いを一つして、すぐにまた先《さ》きを急いだ。一刻といえども、むだには出来ない。陽は既に西に傾きかけている。ぜいぜい荒い呼吸をしながら峠《とうげ》をのぼり、のぼり切って、ほっとした時、突然、目の前に一隊の山賊が躍り出た。

「待て。」

「何をするのだ。私は陽の沈まぬうちに王城へ行かなければならぬ。放せ。」

「どっこい放さぬ。持ちもの全部を置いて行け。」

「私にはいのちの他には何も無い。その、たった一つの命も、これから王にくれてやるのだ。」

「その、いのちが欲しいのだ。」

「さては、王の命令で、ここで私を待ち伏せしていたのだな。」

山賊たちは、ものも言わず一斉に棍棒《こんぼう》を振り挙げた。メロスはひょいと、からだを折り曲げ、飛鳥の如《ごと》く身近かの一人に襲いかかり、その棍棒を奪い取って、

「気の毒だが正義のためだ！」と猛然一撃、たちまち、三人を殴り倒し、残る者のひるむ隙《すき》に、さっさと走って峠を下った。一気に峠を駈《か》け降《お》りたが、流石《さすが》に疲労し、折から午後の灼熱の太陽がまともに、かっと照って来て、メロスは幾度となく眩暈《めまい》を感じ、これではならぬ、と気を取り直しては、よろよろ二、三歩あるいて、ついに、がくりと膝《ひざ》を折った。立ち上る事が出来ぬのだ。天を仰いで、くやし泣きに泣き出した。ああ、あ、濁流を泳ぎ切り、山賊を三人も撃ち倒し*韋駄天《いだてん》、ここまで突破して来たメロスよ。真の勇者、メロスよ。今、ここで、疲れ切って動けなくなるとは情無い。愛する友は、

おまえを信じたばかりに、やがて殺されなければならぬ。おまえは、稀代の不信の人間、まさしく王の思う壺だぞ、と自分を叱ってみるのだが、全身萎《な》えて、もはや芋虫ほどにも前進かなわぬ。路傍の草原にごろりと寝ころがった。身体疲労すれば、精神も共にやられる。もう、どうでもいいという、勇者に不似合いな不貞腐《ふてくさ》れた根性が、心の隅に巣喰った。私は、これほど努力したのだ。約束を破る心は、みじんも無かった。神も照覧、私は精一ぱいに努めて来たのだ。動けなくなるまで走って来たのだ。私は不信の徒では無い。ああ、できる事なら私の胸を截《た》ち割《わ》って、真紅の心臓をお目に掛けたい。愛と信実の血液だけで動いているこの心臓を見せてやりたい。けれども私は、この大事な時に、精も根も尽きたのだ。私は、よくよく不幸な男だ。私は、きっと笑われる。私の一家も笑われる。私は友を欺《あざむ》いた。中途で倒れるのは、はじめから何もしないのと同じ事だ。ああ、もう、どうでもいい。これが、私の定った運命なのかも知れない。セリヌンティウスよ、ゆるしてくれ。君は、いつでも私を信じた。私も君を、欺かなかった。私たちは、本当に佳い友と友であったのだ。いちどだって、暗い疑惑の雲を、お互い胸に宿したことは無かった。いまだって、君は私を無心に待っているだろう。ああ、待っているだろう。ありがとう、セリヌンティウス。よくも私を信じてくれた。それを思えば、たまらない。友と友の間の信実は、この世で一ばん誇るべき実なのだからな。セリヌンティウス、私は走ったのだ。君を欺くつもりは、みじんも無かった。信じてくれ！　私は急ぎに急いでここまで来たのだ。濁流を突破した。山賊の囲みからも、するりと抜けて一気に峠を駈け降りて来たのだ。私だから、出来たのだよ。ああ、この上、私に望み給うな。放って置いてくれ。どうでも、いいのだ。私は負けたのだ。だらしが無い。笑ってくれ。王は私に、ちょっとおくれて来い、と耳打ちした。おくれたら、身代りを殺して、私を助けてくれると約束した。私は王の卑劣《ひれつ》を憎んだ。けれども、今になってみると、私は王の言うままになっている。私は、おくれて行くだろう。王は、ひとり合点して私を笑い、そうして事も無く私を放免するだろう。そうなったら、私は、死ぬよりつらい。私は、永遠に裏切者だ。地上で最も、不名誉の人種だ。セリヌンティウスよ、私も死ぬぞ。君と一緒に死なせてくれ。君だけは私を信じてくれるにちがい無い。いや、それも私の、ひとりよがりか？　ああ、もういっそ、悪徳者として生き伸びてやろうか。村には私の家が在る。羊も居る。妹夫婦は、まさか私を村から追い出すような事はしないだろう。正義だの、信実だの、愛だの、考えてみれば、くだらない。人を殺して自分が生きる。それが人間世界の定法ではなかったか。ああ、何もかも、ばかばかしい。私は、醜《みにく》い裏切り者だ。どうとも、勝手にするがよい。やんぬる哉《かな》*。——四肢を投げ出して、うとうと、まどろんでしまった。

ふと耳に、潺々《せんせん》、水の流れる音が聞えた。そっと頭をもたげ、息を呑んで耳をすました。すぐ足もとで、水が流れているらしい。よろよろ起き上って、見ると、岩の裂目《さけめ》から滾々《こんこん》と、何か小さく囁《ささや》きながら清水が湧き出ているのである。その泉に吸い込まれるようにメロスは身をかがめた。水を両手で掬《すく》って、一くち飲んだ。ほうと長い溜息が出て、夢から覚めたような気がした。歩ける。行こう。肉体の疲労恢復《かいふく》と共に、わずかながら希望が生《うま》れた。義務遂行の希望である。わが身を殺して、名誉を守る希望である。斜陽は赤い光を、樹々の葉に投じ、葉も枝も燃えるばかりに輝いている。日没までには、まだ間がある。私を、待っている人があるのだ。少しも疑わず、静かに期待してくれている人があるのだ。私は、信じられている。私の命なぞは、問題ではない。死んでお詫び、などと気のいい事は言って居られぬ。私は、信頼に報いなければならぬ。いまはただその一事だ。走れ！　メロス。

私は信頼されている。私は信頼されている。先刻の、あの悪魔の囁きは、あれは夢だ。悪い夢だ。忘れてしまえ。五臓*が疲れているときは、ふいとあんな悪い夢を見るものだ。メロス、おまえの恥ではない。やはり、おまえは真の勇者だ。再び立って走れるようになったではないか。ありがたい！　私は、正義の士として死ぬ事が出来るぞ。ああ、陽が沈む。ずんずん沈む。待ってくれ、ゼウスよ。私は生れた時から正直な男であった。

正直な男のままにして死なせて下さい。

路行く人を押しのけ、跳ねとばし、メロスは黒い風のように走った。野原で酒宴の、その宴席のまっただ中を駈け抜け、酒宴の人たちを仰天《ぎょうてん》させ、犬を蹴とばし、小川を飛び越え、少しずつ沈んでゆく太陽の、十倍も早く走った。一団の旅人と颯《さ》っとすれちがった瞬間、不吉な会話を小耳にはさんだ。「いまごろは、あの男も、磔にかかっているよ。」ああ、その男、その男のために私は、いまこんなに走っているのだ。その男を死なせてはならない。急げ、メロス。おくれてはならぬ。愛と誠の力を、いまこそ知らせてやるがよい。風態なんかは、どうでもいい。メロスは、いまは、ほとんど全裸体であった。呼吸も出来ず、二度、三度、口から血が噴き出た。見える。はるか向うに小さく、シラクスの市の塔楼《とうろう》が見える。塔楼は、夕陽を受けてきらきら光っている。

「ああ、メロス様。」うめくような声が、風と共に聞えた。

「誰だ。」メロスは走りながら尋《たず》ねた。

「フィロストラトスでございます。貴方のお友達セリヌンティウス様の弟子《でし》でございます。」その若い石工も、メロスの後について走りながら叫んだ。「もう、駄目《だめ》でございます。むだでございます。走るのは、やめて下さい。もう、あの方《かた》をお助けになることは出来ません。」

「いや、まだ陽は沈まぬ。」

「ちょうど今、あの方《かた》が死刑になるところです。ああ、あなたは遅かった。おうらみ申します。ほんの少し、もうちょっとでも、早かったなら！」

「いや、まだ陽は沈まぬ。」メロスは胸の張り裂ける思いで、赤く大きい夕陽ばかりを見つめていた。走るより他は無い。

「やめて下さい。走るのは、やめて下さい。いまはご自分のお命が大事です。あの方は、あなたを信じて居りました。刑場に引き出されても、平気でいました。王様が、さんざんあの方をからかっても、メロスは来ます、とだけ答え、強い信念を持ちつづけている様子でございました。」

「それだから、走るのだ。信じられているから走るのだ。間に合う、間に合わぬは問題でないのだ。人の命も問題でないのだ。私は、なんだか、もっと恐ろしく大きいものの為に走っているのだ。ついて来い！　フィロストラトス。」

「ああ、あなたは気が狂ったか。それでは、うんと走るがいい。ひょっとしたら、間に合わぬものでもない。走るがいい。」

*言うにや及ぶ。まだ陽は沈まぬ。最後の死力を尽して、メロスは走った。メロスの頭は、からっぽだ。何一つ考えていない。ただ、わけのわからぬ大きな力にひきずられて

走った。陽は、ゆらゆら地平線に没し、まさに最後の一片の残光も、消えようとした時、メロスは疾風の如《ごと》く刑場に突入した。間に合った。

「待て。その人を殺してはならぬ。メロスが帰って来た。約束のとおり、いま、帰って来た。」と大声で刑場の群衆にむかって叫んだつもりであったが、喉《のど》がつぶれて嗄れた声が幽《かす》かに出たばかり、群衆は、ひとりとして彼の到着に気がつかない。すでに磔の柱が高々と立てられ、縄を打たれたセリヌンティウスは、徐々に釣り上げられてゆく。メロスはそれを目撃して最後の勇、先刻、濁流を泳いだように群衆を掻きわけ、掻きわけ、

「私だ、刑吏《けいり》！　殺されるのは、私だ。メロスだ。彼を人質にした私は、ここにいる！」と、かすれた声で精一ぱいに叫びながら、ついに磔台に昇り、釣り上げられてゆく友の両足に、齧《かじ》りついた。群衆は、どよめいた。あっぱれ。ゆるせ、と口々にわめいた。セリヌンティウスの縄は、ほどかれたのである。

「セリヌンティウス。」メロスは眼に涙を浮べて言った。「私を殴れ。ちから一ぱいに頬を殴れ。私は、途中で一度、悪い夢を見た。君が若《も》し私を殴ってくれなかったら、私は君と抱擁する資格さえ無いのだ。殴れ。」

セリヌンティウスは、すべてを察した様子で首肯き、刑場一ぱいに鳴り響くほど音高

くメロスの右頰を殴った。殴ってから優しく微笑《ほほえ》み、

「メロス、私を殴れ。同じくらい音高く私の頰を殴れ。私はこの三日の間、たった一度だけ、ちらと君を疑った。生れて、はじめて君を疑った。君が私を殴ってくれなければ、私は君と抱擁できない。」

メロスは腕に唸《うな》りをつけてセリヌンティウスの頰を殴った。

「ありがとう、友よ。」二人同時に言い、ひしと抱き合い、それから嬉し泣きにおいおい声を放って泣いた。

群衆の中からも、歔欷《きょき》の声が聞えた。暴君ディオニスは、群衆の背後から二人の様《さま》を、まじまじと見つめていたが、やがて静かに二人に近づき、顔をあからめて、こう言った。

「おまえらの望みは叶ったぞ。おまえらは、わしの心に勝ったのだ。信実とは、決して空虚な妄想ではなかった。どうか、わしをも仲間に入れてくれまいか。どうか、わしの願いを聞き入れて、おまえらの仲間の一人にしてほしい。」

どっと群衆の間に、歓声が起った。

「万歳《ばんざい》、王様万歳。」

ひとりの少女が、緋《*ひ》のマントをメロスに捧げた。メロスは、まごついた。佳き友は、気をきかせて教えてやった。

「メロス、君は、まっぱだかじゃないか。早くそのマントを着るがいい。この可愛い娘さんは、メロスの裸体を、皆に見られるのが、たまらなく口惜しいのだ。」

勇者は、ひどく赤面した。

（*古伝説と、シルレルの詩から。）

きりぎりす

おわかれ致します。あなたは、嘘《うそ》ばかりついていました。私にも、いけない所が、あるのかも知れません。けれども、私は、私のどこが、いけないのか、わからないの。私も、もう二十四です。このとしになっては、どこがいけないと言われても、私には、もう直す事が出来ません。いちど死んで、キリスト様のように復活でもしない事には、なおりません。自分から死ぬという事は、一ばんの罪悪のような気も致しますから、私は、あなたと、おわかれして私の正しいと思う生きかたで、しばらく生きて努めてみたいと思います。私には、あなたが、こわいのです。きっと、この世では、あなたの生きかたのほうが正しいのかも知れません。けれども、私には、それでは、とても生きて行けそうもありません。私が、あなたのところへ参りましてから、もう五年になります。十九の春に見合いをして、それからすぐに、私は、ほとんど身一つで、あなたのところへ参りました。今だから申しますが、父も、母も、この結婚には、ひどく反対だったのでございます。弟も、あれは、大学へはいったばかりの頃《ころ》でありましたが、姉さん、大丈夫かい？ 等と、ませた事を言って、不機嫌《ふきげん》な様子を見せていました。あなたが、いやがるだろうと思いましたから、きょうまで黙って居《お》りましたが、あの頃、私には他に二つ、縁談がございました。もう記憶も薄れている程《ほど》なのですが、おひとりは、何でも、帝*大の法科を出たばかりの、お坊ちゃんで外交官志望とやら聞きました。お写真も拝見しました。楽天家らしい晴やかな顔をしていました。これは、池袋の大姉さんの御推薦《ごすいせん》でした。もうひとりのお方《かた》は、父の会社に勤めて居られる、三十歳ちかくの技師でした。五年も前の事ですから、記憶もはっきり致しませんが、なんでも、大きい家の総領で、人物も、しっかりしているとやら聞きました。父のお気に入りらしく、父も母も、それは熱心に、支持していました。お写真は、拝見しなかった、と思います。こんな事はどうでもいいのですが、また、あなたに、ふふんと笑われますと、つらいので、記憶しているだけの事を、はっきり申し上げました。いま、こんな事を申し上げるのは、決して、あなたへの厭《いや》がらせのつもりでも何でもございません。それは、お信じ下さい。私は、困ります。他のいいところへお嫁に行けばよかった等と、そんな不貞な、ばかな事は、みじんも考えて居りませんのですから。あなた以外の人は、私には考えられません。いつもの調子で、お笑いになると、私は困ってしまいます。私は本気で、申し上げているのです。おしまい迄《まで》お聞き下さい。あの頃も、いまも、私は、あなた以外の人と結婚する気は、少しもありません。それは、はっきりしています。私は子供の時から、愚図々々《ぐずぐず》が何より、きらいでした。あの頃、父に、母に、また池袋の大姉さんにも、いろいろ言われ、とにかく見合いだけでも等と、すすめられましたが、私にとっては、見合いもお祝言《しゅうげん》も同じものの様な気がしていましたから、かるがると返事は出来ませんでした。そんなおかたと結婚する気は、まるっきり無かったのです。みんなの言う様に、そんな、申しぶんの無いお方《かた》だったら、殊更《ことさら》に私でなくても、他に佳《よ》いお嫁さんが、いくらでも見つかる事でしょうし、なんだか張り合いの無いことだと思っていました。この世界中に(などと言うと、あなたは、すぐお笑いになります)私でなければ、お嫁に行けないような人のところへ行きたいものだと、私はぼんやり考えて居りました。丁度《ちょうど》その時に、あなたのほうからの、あのお話があったのでした。ずいぶん乱暴な話だったので、父も母も、はじめから不機嫌でした。だって、あの骨董屋《こっとうや》の但馬《たじま》さんが、父の会社へ画を売りに来て、れいのお喋《しゃべ》りを、さんざんした揚句《あげく》の果《はて》に、この画の作者は、いまにきっと、ものになります。どうです、お嬢さんを等と不謹慎な冗談を言い出して、父は、いい加減に聞き流し、とにかく画だけは買って会社の応接室の壁に掛けて置いたら、二、三日して、また但馬さんがやって来て、こんどは本気に申し込んだというじゃありませんか。乱暴だわ。お使者の但馬さんも但馬さんなら、その但馬さんにそんな事を頼む男も男だ、と父も母も呆《あき》れていました。でも、あとで、あなたにお伺《うかが》いして、それは、あなたの全然ご存じなかった事で、すべては但馬さんの忠義な一存からだったという事が、わかりました。但馬さんには、ずいぶんお世話になりました。いまの、あなたの御出世も、但馬さんのお蔭よ。本当に、あなたには、商売を離れて尽して下さった。あなたを見込んだというわけね。これからも、但馬さんを忘れては、いけません。あの時、私は但馬さんの無鉄砲《むてっぽう》な申し込みの話を聞いて、少し驚きながらも、ふっと、あなたにお逢《あ》いしてみたくなりました。なんだか、とても嬉しかったの。私は、或《あ》る日こっそり父の会社に、あなたの画を見に行きました。その時のことを、あなたにお話し申したかしら。私は父に用事のある振りをして応接室にはいり、ひとりで、つくづくあなたの画を見ました。あの日は、とても寒かった。火の気の無い、広い応接室の隅に、ぶるぶる震《ふる》えながら立って、あなたの画を見ていました。あれは、小さい庭と、日当りのいい縁側の画でした。縁側には、誰も坐《すわ》っていないで、白い座蒲団《ざぶとん》だけが一つ、置かれていました。青と黄色と、白だけの画でした。見ているうちに、私は、もっとひどく、立って居られないくらいに震えて来ました。この画は、私でなければ、わからないのだと思いました。真面目《まじめ》に申し上げているのですから、お笑いになっては、いけません。私は、あの画を見てから、二、三日、夜も昼も、からだが震えてなりませんでした。どうしても、あなたのとこへ、お嫁に行かなければ、と思いました。＊蓮葉《はすは》な事で、からだが燃えるように恥ずかしく思いましたが、私は母にお願いしました。母は、とても、いやな顔をしました。私はけれども、それは覚悟していた事でしたので、あきらめずに、こんどは直接、但馬さんに御返事いたしました。但馬さんは大声で、えらい！とおっしゃって立ち上り、椅子《いす》に躓《つまず》いて転びましたが、あの時は、私も但馬さんも、ちっとも笑いませんでした。それからの事は、あなたも、よく御承知の筈《はず》でございます。私の家では、あなたの評判は、日が経つにつれて、いよいよ悪くなる一方でした。あなたが、瀬戸内海の故郷から、親にも無断で東京へ飛び出して来て、御両親は勿論《もちろん》、親戚の人ことごとくが、あなたに愛想づかしをしている事、お酒を飲む事、展覧会に、いちども出品していない事、左翼《さよく》らしいという事、美術学校を卒業しているかどうか怪《あや》しいという事、その他たくさん、どこで調べて来るのか、父も母も、さまざまの事実を私に言い聞かせて叱《しか》りました。けれども、但馬さんの熱心なとりなしで、どうやら見合いまでには漕《こ》ぎつけました。＊千疋屋《せんびきや》の二階に、私は母と一緒にまいりました。あなたは、私の思っていたとおりの、おかたでした。ワイシャツの袖口《そでぐち》が清潔なのに、感心いたしました。私が紅茶の皿を持ち上げた時、意地悪くからだが震えて、スプーンが皿の上でかちゃかちゃ鳴って、ひどく困りました。家へ帰ってから、母は、あなたの悪口を、一そう強く言っていました。あなたが煙草《たばこ》ばかり吸って、母には、ろくに話をして上げなかったのが、何より、いけなかったようでした。人相が悪い、という事も、しきりに言っていました。見込みがないというのです。けれども私は、あなたのところへ行く事に、きめていました。ひとつき、すねて、とうとう私が勝ちました。但馬さんとも相談して、私は、ほとんど身一つで、あなたのところへ参りました。*淀橋《よどばし》のアパートで暮した二箇年ほど、私にとって楽しい月日《つきひ》は、ありませんでした。毎日毎日、あすの計画で胸が一ぱいでした。あなたは、展覧会にも、大家《たいか》の名前にも、てんで無関心で、勝手な画ばかり描いていました。貧乏になればなるほど、私はぞくぞく、へんに嬉しくて、質屋にも、古本屋にも、遠い思い出の故郷のような懐しさを感じました。お金が本当に何も無くなった時には、自分のありったけの力を、ためす事が出来て、とても張り合いがありました。だって、お金の無い時の食事ほど楽しくて、おいしいのですもの。つぎつぎに私は、いいお料理を、発明したでしょう？　いまは、だめ。なんでも欲しいものを買えると思えば、何の空想も湧《わ》いて来ません。市場へ出掛けてみても私は、虚無です。よその叔母《おば》さんたちの買うものを、私も同じ様に買って帰るだけです。あなたが急にお偉くなって、あの淀橋のアパートを引き上げ、この*三鷹町《みたかちょう》の家に住むようになってからは、楽しい事が、なんにもなくなってしまいました。私の、腕の振いどころが無くなりました。あなたは、急にお口《くち》もお上手になって、私を一そう大事にして下さいましたが、私は自身が何だか飼い猫のように思われて、いつも困って居りました。私は、あなたを、この世で立身なさるおかたとは思わなかったのです。死ぬまで貧乏で、わがまま勝手な画ばかり描いて、世の中の人みんなに嘲笑《ちょうしょう》せられて、けれども平気で誰にも頭を下げず、たまには好きなお酒を飲んで一生、俗世間に汚されずに過して行くお方だとばかり思って居りました。私は、ばかだったのでしょうか。でも、ひとりくらいは、この世に、そんな美しい人がいる筈《はず》だ、と私は、あの頃も、いまもなお信じて居ります。その人の額《ひたい》*の月桂樹《げっけいじゅ》の冠は、他の誰にも見えないので、きっと馬鹿《ばか》扱いを受けるでしょうし、誰もお嫁に行ってあげてお世話しようともしないでしょうから、私が行って一生お仕《つか》えしようと思っていました。私は、あなたこそ、その天使だと思っていました。私でなければ、わからないのだと思っていました。それが、まあ、どうでしょう。急に、何だか、お偉くなってしまって。私は、どういうわけだか、恥ずかしくてたまりません。

私は、あなたの御出世を憎んでいるのではございません。あなたの、不思議なほどに哀《かな》しい画が、日一日と多くの人に愛されているのを知って、私は神様に毎夜お礼を言いました。泣くほど嬉しく思いました。あなたが淀橋のアパートで二年間、気のむくままに、お好きなアパートの裏庭を描いたり、深夜の新宿の街を描いて、お金がまるっきり無くなった頃には但馬さんが来て、二、三枚の画と交換に十分のお金を置いて行くのでしたが、あの頃は、あなたは、但馬さんに画を持って行かれる事が、ひどく淋しい御様子で、お金の事になど、てんで無関心でありました。但馬さんは、来る度毎《たびごと》に私を、こっそり廊下へ呼び出して、どうぞ、よろしく、ときまったように真面目に言ってお辞儀をし、白い角封筒を、私の帯の間につっ込んで下さるのでした。あなたは、いつでも知らん顔をして居りますし、私だって、すぐその角封筒の中味《なかみ》を調べるような卑《いや》しい事は致しませんでした。無ければ無いで、やって行こうと思っていたのですもの。いくらいただいた等、あなたに報告した事も、ありません。あなたを汚したくなかったのです。本当に、私は一度だって、あなたに、お金が欲しいの、有名になって下さいの、とお願いした事はございませんでした。あなたのような、口下手な、乱暴なおかたは、(ごめんなさい)お金持にもならないし、有名になど決してなれるものでないと私は、思っていました。けれども、それは、見せかけだったのね。どうして、どうして。

　但馬さんが個展の相談を持って来られた時から、あなたは、何だか、おしゃれになりました。まず、歯医者へ通いはじめました。あなたは虫歯が多くて、お笑いになると、まるでおじいさんのように見えましたが、けれどもあなたは、ちっとも気になさらず、私が、歯医者へおいでになるようにおすすめしても、いいよ、歯がみんな無くなれあ総入歯にするんだ、金歯を光らせて女の子に好かれたって仕様が無い、等と冗談ばかりおっしゃって、一向《いっこう》に歯のお手入れをなさらなかったのに、どういう風の吹き廻しか、お仕事の合間、合間に、ちょいちょいと出かけて行っては、一本二本と、金歯を光らせてお帰りになるようになりました。こら、笑ってみろ、と私が言ったら、あなたは、鬚《ひげ》もじゃの顔を赤くして、但馬の奴が、うるさく言うんだ、と珍しく気弱い口調で弁解なさいました。個展は、私が淀橋へまいりましてから二年目の秋に、ひらかれました。私は、うれしゅうございました。あなたの画が、一人でも多くの人に愛されるのに、なんで、うれしくない事がありましょう。私には、先見の明《めい》があったのですものね。でも、新聞でもあんなに、ひどくほめられるし、出品の画が、全部売り切れたそうですし、有名な大家《たいか》からも手紙が来ますし、あんまり、よすぎて、私は恐しい気が致しました。会場へ、見に来いと、あなたにも、但馬さんにも、あれほど強く言われましたけれど、私は、全身震えながら、お部屋で編物ばかりしていました。あなたの、あの画が、二十枚も、三十枚も、ずらりと並んで、それを大勢の人たちが、眺めている有様を、想像してさえ、私は泣きそうになってしまいます。こんなに、いい事が、こんなに早く来すぎては、きっと、何か悪い事が起るのだとさえ、考えました。私は、毎夜、神様に、お詫《わ》びを申しました。どうか、もう、幸福は、これだけでたくさんでございますから、これから後、あの人が病気などなさらぬよう、悪い事の起らぬよう、お守り下さい、と念じていました。あなたは毎夜、但馬さんに誘われて、ほうぼうの大家《たいか》のところへ挨拶に参ります。翌朝お帰りの事も、ございましたが、私は別に何とも思っていないのに、あなたは、それは精《くわ》しく前夜の事を私に語って下さって、何先生は、どうだとか、あれは愚物だとか、無口なあなたらしくもなく、ずいぶんつまらぬお喋りをはじめます。私は、それまで二年、あなたと暮して、あなたが人の陰口をたたいたのを伺った事が一度もありませんでした。何先生は、どうだって、あなたは＊唯我独尊《ゆいがどくそん》のお態度で、てんで無関心の御様子だったではありませんか。それに、そんなお喋りをして、前夜は、あなたに何のうしろ暗いところも無かったという事を、私に納得させようと、お努めになって居られるようなのですが、そんな気弱な遠廻しの弁解をなさらずとも、私だって、まさか、これまで何も知らずに育って来たわけでもございませんし、はっきりおっしゃって下さったほうが、一日くらい苦しくても、あとは私はかえって楽になります。所詮《しょせん》は生涯の、女房なのですから。私は、そのほうの事では、男の人を、あまり信用して居りませんし、また、滅《め》茶《ちゃ》に疑っても居りません。そのほうの事でしたら、私は、ちっとも心配して居りませぬし、また、笑って怺《こら》える事も出来るのですけれど、他に、もっと、つらい事がございます。

私たちは、急にお金持になりました。あなたも、ひどくおいそがしくなりました。*二科会《にかかい》から迎えられて、会員になりました。そうして、あなたは、アパートの小さい部屋を、恥ずかしがるようになりました。但馬さんもしきりに引越すようにすすめて、こんなアパートに居るのでは、世の中の信用も如何《いかが》と思われるし、だいいち画の値段が、いつまでも上りません、一つ奮発して大きい家を、お借りなさい、と、いやな秘策をさずけ、あなたまで、それあそうだ、こんなアパートに居ると、人が馬鹿にしやがる、等と下品なことを、意気込んで言うので、私は何だか、ぎょっとして、ひどく淋しくなりました。但馬さんは自転車に乗ってほうぼう走り廻り、この三鷹町の家を見つけて下さいました。としの暮に私たちは、ほんのわずかなお道具を持って、この、いやに大きいお家へ引越して参りました。あなたは、私の知らぬ間にデパートへ行って何やらかやら立派なお道具を、本当にたくさん買い込んで、その荷物が、次々とデパートから配達されて来るので、私は胸がつまって、それから悲しくなりました。これではまるで、そこらにたくさんある当り前の成金《なりきん》と少しも違っていないのですもの。けれども私は、あなたに悪くて、努めて嬉しそうに、はしゃいでいました。いつの間にか私は、あの、いやな「奥様」みたいな形になっていました。あなたは、女中を置こうとさえ言い出しましたけれど、それだけは、私は、何としても、いやで、反対いたしました。私には、人を、使うことが出来ません。引越して来て、すぐにあなたは、年賀状を、移転通知を兼ねて三百枚も刷らせました。三百枚。いつのまに、そんなにお知合いが出来たのでしょう。私には、あなたが、たいへんな危い綱渡りをはじめているような気がして、恐しくてなりませんでした。いまに、きっと、悪い事が起る。あなたは、そんな俗な交際などなさって、それで成功なさるようなお方では、ありません。そう思って、私は、ただはらはらして、不安な一日一日を送っていたのでございますが、あなたは躓かぬばかりか、次々と、いい事ばかりが起るのでした。私が間違っているのでしょうか。私の母も、ちょいちょい、この家へ訪ねて来るようになって、その度毎《たびごと》に、私の着物やら貯金帳やらを持って来て下さって、とても機嫌がいいのです。父も、会社の応接間の画を、はじめは、いやがって会社の物置にしまわせていたのだそうですが、こんどは、それを家へ持って来て、額縁《がくぶち》も、いいのに変えて、父の書斎に掛けているのだそうです。池袋の大姉さんも、しっかりおやり等と、お手紙を下さるようになりました。お客様も、ずいぶん多くなりました。応接間が、お客様で一ぱいになる事もありました。そんな時、あなたの陽気な笑い声が、お台所まで聞えて来ました。あなたは、ほんとに、お喋りになりました。以前あなたは、あんなに無口だったので、私は、ああ、このおかたは、何もかもわかっていながら、何でも皆つまらないから、こんなに、いつでも黙って居られるのだ、とばかり思い込んで居りましたが、そうでもないらしいのね。あなたは、お客様の前で、とてもつまらない事を、おっしゃって居られます。前の日に、お客様から伺ったばかりの画の論を、そっくりそのまま御自分の意見のように鹿爪《しかつめ》らしく述べていたり、また、私が小説を読んで感じた事をあなたに、ちょっと申し上げると、あなたはその翌日、すましてお客様に、モオパスサン*だって、やはり信仰には、おびえていたんだね、なんて私の愚論をそのままお聞かせしているものですから、私はお茶を持って応接間にはいりかけて、あまり恥ずかしくて立ちすくんでしまう事もありました。あなたは、以前は、なんにも知らなかったのね。ごめんなさい。私だって、なんにも、ものを知りませんけれども、自分の言葉だけは、持っているつもりなのに、あなたは、全然、無口か、でもないと、人の言った事ばかりを口真似《くちまね》しているだけなんですもの。それなのに、あなたは不思議に成功なさいました。そのとしの二科の画は、新聞社から賞さえもらって、その新聞には、何だか恥ずかしくて言えないような最大級の讃辞が並べられて居りました。孤高、清貧、思索、憂愁、祈り、シャヴァンヌ*、その他いろいろございました。あなたは、あとでお客様とその新聞の記事に就《つ》いてお話なされ、割合、当っていたようだね、等と平気でおっしゃって居られましたが、まあ何という事を、おっしゃるのでしょう。

私たちは清貧ではございません。貯金帳を、ごらんにいれましょうか。あなたは、この家に引越して来てからは、まるで人が変ったように、お金の事を口になさるようになりました。お客様に画をたのまれると、あなたは、必ずお値段の事を悪びれもせずに、言い出します。はっきりさせて置いたほうが、後でいざこざが起らなくて、お互に気持がいいからね、などと、あなたはお客様におっしゃって居られますが、私はそれを小耳にはさんで、やはり、いやな気が致しました。なんでそんなに、お金にこだわることがあるのでしょう。いい画さえ描いて居れば、暮しのほうは、自然に、どうにかなって行くものと私には思われます。いいお仕事をなさって、そうして、誰にも知られず、貧乏で、つつましく暮して行く事ほど、楽しいものはありません。私は、お金も何も欲しくありません。心の中で、遠い大きいプライドを持って、こっそり生きていたいと思います。あなたは私の、財布の中まで、おしらべになるようになりました。お金がはいると、あなたは、あなたの大きい財布と、それから、私の小さい財布とに、お金をわけて、おいれになります。あなたの財布には、大きいお紙幣《さつ》を五枚ばかり、私の財布には、大きいお紙幣一枚を、四つに畳《たた》んでお容《い》れになります。あとのお金は、郵便局と銀行へ、おあずけになります。私は、いつでも、それを、ただ傍で眺めています。いつか私が、貯金帳をいれてある書棚の引き出しの鍵《かぎ》を、かけるのを忘れていたら、あなたは、それを見つけて、困るね、と、しんから不機嫌に、私におこごとを言うので、私は、げっそり致しました。画廊へ、お金を受取りにおいでになれば、三日目くらいにお帰りになりますが、そんな時でも、深夜、酔ってがらがらと玄関の戸をあけて、おはいりになるや否《いな》や、おい、三百円あまして来たぞ、調べて見なさい、等と悲しい事を、おっしゃいます。あなたのお金ですもの、いくらお使いになったって平気ではないでしょうか。たまには気晴しに、うんとお金を使いたくなる事もあるだろうと思います。みんな使うと、私が、がっかりするとでも思って居られるのでしょうか。私だって、お金の有難さは存じていますが、でも、その事ばかり考えて生きているのでは、ございません。三百円だけ残して、そうして得意顔でお帰りになるあなたのお気持が、私には淋しくてなりません。私は、ちっともお金を欲しく思っていません。何を買いたい、何を食べたい、何を観たいとも思いません。家の道具も、たいてい廃物利用で間に合わせて居りますし、着物だって染め直し、縫《ぬ》い直《なお》しますから一枚も買わずにすみます。どうにでも、私は、やって行きます。手拭掛《てぬぐいか》け一つだって、私は新しく買うのは、いやです。むだな事ですもの。あなたは時々、私を市内へ連れ出して、高い支那《しな》料理などを、ごちそうして下さいましたが、私にはちっともおいしいとは思われませんでした。何だか落ちつかなくて、おっかなびっくりの気持で、本当に、勿体《もったい》なくて、むだな事だと思いました。三百円よりも、支那料理よりも、私には、あなたが、この家のお庭に、へちまの棚を作って下さったほうが、どんなに嬉しいかわかりません。八畳間の縁側には、あんなに西日が強く当るのですから、へちまの棚をお作りになると、きっと工合《ぐあい》がいいと思います。あなたは、私があれほどお願いしても、植木屋を呼んだらいいとか、おっしゃって、ご自分で作っては、くださいません。植木屋を呼ぶなんて、そんなお金持の真似は、私は、いやです。あなたに、作っていただきたいのに、あなたは、よし、よし、来年は、等とおっしゃるばかりで、とうとう今日まで、作っては下さいません。あなたは、御自分の事では、ひどく、むだ使いをなさるのに、人の事には、いつでも知らん顔をなさって居ります。いつでしたかしら、お友達の雨宮さんが、奥さんの御病気で困って、御相談にいらした時、あなたは、わざわざ私を応接間にお呼びになって、家にいま、お金があるかい？ と真面目な顔をして、お聞きになるので、私は、可笑《おか》しいやら、ばからしいやらで、困ってしまいました。私が顔を赤くして、もじもじしていると、隠すなよ、そこらを掻《か》き廻《まわ》したら、二十円くらいは出て来るだろう、と私に、からかうようにおっしゃるので、私は、びっくりしてしまいました。たった二十円。私は、あなたの顔を見直しました。あなたは、私の視線を、片手で、払いのけるようにして、いいから僕に貸しておくれ、けちけちするなよ、とおっしゃって、それから雨宮さんのほうに向って、お互、こんな時には、貧乏は、つらいね、と笑っておっしゃるのでした。私は、呆《あき》れて、何も申し上げたくなくなりました。あなたは清貧でも何でも、ありません。憂愁だなんて、いまの、あなたのどこに、そんな美しい影があるのでしょう。あなたは、その反対の、わがままな楽天家です。毎朝、洗面所で、*おいとこそうだよ、なんて大声で歌って居られるでは、ありませんか。私は御近所に恥ずかしくてなりません。祈り、シャヴァンヌ、もったいないと思います。孤高だなんて、あなたは、お取巻きのかたのお追従《ついしょう》の中でだけ生きているのにお気が附かれないのですか。あなたは、家へおいでになるお客様たちに先生と呼ばれて、誰かれの画を、片端からやっつけて、いかにも自分と同じ道を歩むものは誰も無いような事をおっしゃいますが、もし本当にそうお思いなら、そんなに矢鱈《やたら》に、ひとの悪口をおっしゃってお客様たちの同意を得る事など、要《い》らないと思います。あなたは、お客様たちから、その場かぎりの御賛成でも得たいのです。なんで孤高な事がありましょう。そんなに来る人、来る人に感服させなくても、いいじゃありませんか。あなたは、とても嘘つきです。昨年、二科から脱退して、*新浪漫派《しんろうまんは》とやらいう団体を、お作りになる時だって、私は、ひとりで、どんなに惨《みじ》めな思いをしていた事でしょう。だって、あなたは、蔭であんなに笑って、ばかにしていたおかた達ばかりを集めて、あの団体を、お作りになったのでございますもの。あなたには、まるで御定見が、ございません。この世では、やはり、あなたのような生きかたが、正しいのでしょうか。葛西さんがいらした時には、お二人で、雨宮さんの悪口をおっしゃって、憤慨《ふんがい》したり、嘲笑したりして居られますし、雨宮さんがおいでの時は、雨宮さんに、とても優しくしてあげて、やっぱり友人は君だけだ等と、嘘とは、とても思えないほど感激的におっしゃって、そうして、こんどは葛西さんの御態度に就《つ》いて非難を、おはじめになるのです。世の中の成功者とは、みんな、あなたのような事をして暮しているものなのでしょうか。よくそれで、躓かずに生きて行けるものだと、私は、そら恐しくも、不思議にも思います。きっと、悪い事が起る。起ればいい。あなたのお為《ため》にも、神の実証のためにも、何か一つ悪い事が起るように、私の胸のどこかで祈っているほどになってしまいました。けれども、悪い事は起りませんでした。一つも起りません。相変らず、いい事ばかりが続きます。あなたの団体の、第一回の展覧会は、非常な評判のようでございました。あなたの、菊の花の絵は、いよいよ心境が澄み、高潔な愛情が馥郁《ふくいく》と匂《にお》っているとか、お客様たちから、お噂《うわさ》を承《うけたまわ》りました。どうして、そういう事になるのでしょう。私は、不思議でたまりません。ことしのお正月には、あなたは、あなたの画の最も熱心な支持者だという、あの有名な、岡井先生のところへ、御年始に、はじめて私を連れてまいりました。先生は、あんなに有名な大家《たいか》なのに、それでも、私たちの家よりも、お小さいくらいのお家に住まわれて居られました。あれで、本当だと思います。でっぷり太って居られて、てこでも動かない感じで、あぐらをかいて、そうして眼鏡越しに、じろりと私を見る、あの大きい眼も、本当に孤高なお方の眼でございました。私は、あなたの画を、はじめて父の会社の寒い応接室で見た時と同じ様に、こまかく、からだが震えてなりませんでした。先生は、実に単純な事ばかり、ちっともこだわらずに、おっしゃいます。私を見て、おう、いい奥さんだ、お武家《ぶけ》そだちらしいぞ、と冗談をおっしゃったら、あなたは真面目に、はあ、これの母が士族でして、などといかにも誇らしげに申しますので、私は冷汗を流しました。母が、なんで士族なものですか。父も、母も、ねっからの平民でございます。そのうちに、あなたは、人におだてられて、これの母は華族でして、等とおっしゃるようになるのではないでしょうか。そら恐しい事でございます。先生ほどのおかたでも、あなたの全部のいんちきを見破る事が出来ないとは、不思議であります。世の中は、みんな、そんなものなのでしょうか。先生は、あなたの此《こ》の頃のお仕事を、さぞ苦しいだろうと言って、しきりに労《いたわ》っておいでになりましたが、私は、あなたの毎朝の、おいとこそうだよ、という歌を歌っておいでになるお姿を思い出し、何がなんだか判《わか》らなくなり、しきりに可笑しく、噴き出しそうにさえなりました。先生のお家から出て、一町も歩かないうちに、あなたは砂利《じゃり》を蹴って、ちぇっ！　女には、甘くていやがら、とおっしゃいましたので、私はびっくり致しました。あなたは、卑劣《ひれつ》です。たったいま迄《まで》、あの御立派な先生の前で、ぺこぺこしていらした癖《くせ》に、もうすぐ、そんな陰口をたたくなんて、あなたは、気違いです。あの時から、私は、あなたと、おわかれしようと思いました。この上、怺《こら》えて居る事が出来ませんでした。あなたは、きっと、間違って居ります。わざわいが、起ってくれたらいい、と思います。けれども、やっぱり、悪い事は起りませんでした。あなたは但馬さんの、昔の御恩をさえ忘れた様子で、但馬のばかが、また来やがった、等とお友達におっしゃって、但馬さんも、それを、いつのまにか、ご存じになったようで、ご自分から、但馬のばかが、また来ました、なんて言って笑いながら、のこのこ勝手口から、おあがりになります。もう、あなた達の事は、私には、さっぱり判りません。人間の誇りが、一体、どこへ行ったのでしょう。おわかれ致します。あなた達みんな、ぐるになって、私をからかって居られるような気さえ致します。先日あなたは、新浪漫派の時局的意義とやらに就《つ》いて、ラジオ放送をなさいました。私が茶の間で夕刊を読んでいたら、不意にあなたのお名前が放送せられ、つづいてあなたのお声が。私には、他人の声のような気が致しました。なんという不潔《ふけつ》に濁った声でしょう。いやな、お人だと思いました。はっきり、あなたという男を、遠くから批判出来ました。あなたは、ただのお人です。これからも、ずんずん、うまく、出世をなさるでしょう。くだらない。「私の、こんにち在《あ》るは、」というお言葉を聞いて、私は、スイッチを切りました。一体、何になったお積《つも》りなのでしょう。恥じて下さい。「こんにち在るは、」なんて恐しい無智《むち》な言葉は、二度と、ふたたび、おっしゃらないで下さい。ああ、あなたは早く躓いたら、いいのだ。私は、あの夜、早く休みました。電気を消して、ひとりで仰向《あおむけ》に寝ていると、背筋の下で、こおろぎが懸命《けんめい》に鳴いていました。縁の下で鳴いているのですけれど、それが、ちょうど私の背筋の真下あたりで鳴いているので、なんだか私の背骨の中で小さいきりぎりすが鳴いているような気がするのでした。この小さい、幽《かす》かな声を一生忘れずに、背骨にしまって生きて行こうと思いました。この世では、きっと、あなたが正しくて、私こそ間違っているのだろうとも思いますが、私には、どこが、どんなに間違っているのか、どうしても、わかりません。

東京八景

（苦難の或人に贈る）

＊伊豆の南、温泉が湧《わ》き出《で》ているというだけで、他には何一つとるところの無い、つまらぬ山村である。戸数三十という感じである。こんなところは、宿泊料も安いであろうという、理由だけで、私はその索寞《さくばく》たる山村を選んだ。昭和十五年、七月三日の事である。その頃《ころ》は、私にも、少しお金の余裕があったのである。けれども、それから先の事は、やはり真暗《まっくら》であった。小説が少しも書けなくなる事だってあるかも知れない。二箇月間、小説が全く書けなかったら、私は、もとの無一文になる筈《はず》である。思えば、心細い余裕であったが、私にとっては、それだけの余裕でも、この十年間、はじめての事であったのである。私が東京で生活をはじめたのは、昭和五年の春である。そのころ既に私は、＊Hという女と共同の家を持っていた。田舎《いなか》の長兄から、月々充分の金を送っても

らっていたのだが、ばかな二人は、贅沢《ぜいたく》を戒め合っていながらも、月末には必ず質屋へ一品二品を持運んで行かなければならなかった。とうとう六年目に、Hとわかれた。私には、蒲団《ふとん》と、机と、電気スタンドと、*行李《こうり》一つだけが残った。多額の負債も不気味《ぶきみ》に残った。それから二年経って、私は*或《あ》る先輩のお世話で、平凡な見合い結婚をした。さらに二年を経て、はじめて私は一息ついた。貧しい創作集も既に十冊近く出版せられている。むこうから注文が来なくても、こちらで懸命《けんめい》に書いて持って行けば、三つに二つは買ってもらえるような気がして来た。これからが、愛嬌《あいきょう》も何も無い大人の仕事である。書きたいものだけを、書いて行きたい。

甚《はなは》だ心細い、不安な余裕ではあったが、私は真底から嬉しく思った。少くとも、もう一箇月間は、お金の心配をせずに好きなものを書いて行ける。私は自分の、その時の身の上を、嘘《うそ》みたいな気がした。恍惚《こうこつ》と不安の交錯《こうさく》した異様な胸騒ぎで、かえって仕事に手が附かず、いたたまらなくなった。

*東京八景。私は、その短篇を、いつかゆっくり、骨折って書いてみたいと思っていた。十年間の私の東京生活を、その時々の風景に託して書いてみたいと思っていた。私は、ことし三十二歳である。日本の倫理に於《お》いても、この年齢は、既に中年の域にはいりかけたことを意味している。また私が、自分の肉体、情熱に尋《たず》ねてみても、悲しい哉《かな》それを

否定できない。覚えて置くがよい。おまえは、もう青春を失ったのだ。もっともらしい顔の三十男である。東京八景。私はそれを、青春への訣別《けつべつ》の辞として、誰にも媚《こ》びずに書きたかった。

あいつも、だんだん俗物になって来たね。そのような無智《むち》な陰口が、微風と共に、ひそひそ私の耳にはいって来る。私は、その度毎《たびごと》に心の中で、強く答える。僕は、はじめから俗物だった。君には、気がつかなかったのかね。逆なのである。文学を一生の業として気構えた時、愚人は、かえって私を組《くみ》し易《やす》しと見てとった。私は、幽《かす》かに笑うばかりだ。*万年若衆《まんねんわかしゅ》は、役者の世界である。文学には無い。

東京八景。私は、いまの此《こ》の期間にこそ、それを書くべきであると思った。いまは、差し迫った約束の仕事も無い。百円以上の余裕もある。いたずらに恍惚と不安の複雑な溜息《ためいき》をもらして狭い部屋の中を、うろうろ歩き廻っている場合では無い。私は絶えず、昇らなければならぬ。

東京市の大地図を一枚買って、東京駅から、米原《まいばら》行の汽車に乗った。遊びに行くのでは、ないんだぞ。一生涯の、重大な記念碑を、骨折って造りに行くのだぞ、と繰返し繰返し、自分に教えた。熱海《あたみ》で、伊東《いとう》行の汽車に乗りかえ、伊東から下田《しもだ》行のバスに乗り、伊豆半島の東海岸に沿うて三時間、バスにゆられて南下し、その戸数三十の見る影も無い山村に降り立った。ここなら、一泊三円を越えることは無かろうと思った。憂鬱《ゆううつ》堪えがたいばかりの粗末な、小さい宿屋が四軒だけ並んでいる。私は、Fという宿屋を選んだ。四軒の中では、まだしも、少しましなところが、あるように思われたからである。意地の悪そうな、下品な女中に案内されて二階に上り、部屋に通されて見ると、私は、いい年をして、泣きそうな気がした。三年まえに、私が借りていた荻窪《おぎくぼ》の下宿屋の一室を思い出した。その下宿屋は、荻窪でも、最下等の代物《しろもの》であったのである。けれども、この蒲団部屋の隣りの六畳間は、その下宿の部屋よりも、もっと安っぽく、侘《わび》しいのである。

「他に部屋が無いのですか。」

「ええ。みんな、ふさがって居《お》ります。ここは涼しいですよ。」

「そうですか。」

私は、馬鹿《ばか》にされていたようである。服装が悪かったせいかも知れない。

「お泊りは、三円五十銭と四円です。御中食は、また、別にいただきます。どういたしましょうか。」

「三円五十銭のほうにして下さい。中食は、たべたい時に、そう言います。十日ばかり、ここで勉強したいと思って来たのですが。」

「ちょっと、お待ち下さい。」女中は、階下へ行って、しばらくして、また部屋にやって来て、「あの、永《なが》い御滞在でしたら、前に、いただいて置く事になって居りますけれど。」

「そうですか。いくら差し上げたら、いいのでしょう。」

「さあ、いくらでも。」と口ごもっている。

「五十円あげましょうか。」

「はあ。」

私は机の上に、紙幣を並べた。たまらなくなって来た。

「みんな、あげましょう。九十円あります。煙草《たばこ》銭だけは、僕は、こちらの財布に残してあります。」なぜ、こんなところに来たのだろうと思った。

「相すみません。おあずかり致します。」

女中は、去った。怒ってはならない。大事な仕事がある。いまの私の身分には、これ位《くらい》の待遇が、相応しているのかも知れない、と無理矢理、自分に思い込ませて、トランクの底からペン、インク、原稿用紙などを取り出した。

十年ぶりの余裕は、このような結果であった。けれども、この悲しさも、私の宿命の中に規定されて在《あ》ったのだと、もっともらしく自分に言い聞かせ、怺《こら》えてここで仕事をはじめた。

遊びに来たのでは無い。骨折りの仕事をしに来たのだ。私はその夜、暗い電燈の下で、東京市の大地図を机いっぱいに拡《ひろ》げた。

幾年振りで、こんな、東京全図というものを拡げて見る事か。十年以前、はじめて東京に住んだ時には、この地図を買い求める事さえ恥ずかしく、人に、田舎者と笑われはせぬかと幾度となく躊躇《ちゅうちょ》した後、とうとう一部、うむと決意し、ことさらに乱暴な自嘲《じちょう》の口調で買い求め、それを懐中《かいちゅう》し荒《すさ》んだ歩きかたで下宿へ帰った。夜、部屋を閉め切り、こっそり、その地図を開いた。赤、緑、黄の美しい絵模様。私は、呼吸を止めてそれに見入った。隅田川《すみだがわ》。浅草。牛込《うしごめ》。赤坂。ああなんでも在る。行こうと思えば、いつでも、すぐに行けるのだ。私は、奇蹟《きせき》を見るような気さえした。

今では、此《こ》の蚕《かいこ》に食われた桑《くわ》の葉のような東京市の全形を眺めても、そこに住む人、各々の生活の姿ばかりが思われる。こんな趣きの無い原っぱに、日本全国から、ぞろぞろ人が押し寄せ、汗だくで押し合いへし合い、一寸の土地を争って一喜一憂し、互に嫉《しっ》視《し》、反目して、雌《めす》は雄《おす》を呼び、雄は、ただ半狂乱で歩きまわる。頗《すこぶ》る唐突に、何の前後の関聯《かんれん》も無く「*埋木《うもれぎ》」という小説の中の哀《かな》しい一行が、胸に浮かんだ。「恋とは。」「美しき事を夢みて、穢《きたな》き業《わざ》をするものぞ。」東京とは直接に何の縁も無い言葉である。

戸塚。――私は、はじめ、ここにいたのだ。私のすぐ*上の兄が、この地に、ひとりで一軒の家を借りて、彫刻を勉強していたのである。私は昭和五年に弘前の高等学校を卒業し、東京帝大の仏蘭西《フランス》文科に入学した。仏蘭西語を一字も解し得なかったけれども、それでも仏蘭西文学の講義を聞きたかった。＊辰野隆《たつのゆたか》先生を、ぼんやり畏敬《いけい》していた。私は、兄の家から三町ほど離れた新築の下宿屋の、奥の一室を借りて住んだ。たとい親身の兄弟でも、同じ屋根の下に住んで居れば、気まずい事も起るものだ、と二人とも口に出しては言わないが、そんなお互の遠慮が無言の裡《うち》に首肯せられて、私たちは同じ町内ではあったが、三町だけ離れて住む事にしたのである。それから三箇月経って、この兄は病死した。二十七歳であった。兄の死後も、私は、その戸塚の下宿にいた。二学期からは、学校へは、ほとんど出なかった。世人の最も恐怖していたあの日蔭の仕事＊に、平気で手助けしていた。その仕事の一翼と自称する＊大袈裟《おおげさ》な身振りの文学には、軽蔑《けいべつ》を以《もっ》て接していた。私は、その一期間、純粋な政治家であった。そのとしの秋に、女が田舎からやって来た。私が呼んだのである。Hである。Hとは、私が高等学校へはいったとしの初秋に知り合って、それから三年間あそんだ。無心の芸妓《げいぎ》である。私は、この女の為《ため》に、本所《ほんじょ》区東駒形《ひがしこまがた》に一室を借りてやった。大工さんの二階である。肉体的の関係は、そのとき迄《まで》いちども無かった。故郷から、長兄がその女の事でやって来た。七年前に父を喪《うしな》った兄弟は、戸塚の下宿の、あの薄暗い部屋で相会うた。兄は、急激に変化している弟の兇悪《きょうあく》な態度に接して、涙を流した。必ず夫婦にしていただく条件で、私は兄に女を手渡す事にした。手渡す驕慢《きょうまん》の弟より、受け取る兄のほうが、数層倍苦しかったに違いない。手渡すその前夜、私は、はじめて女を抱いた。兄は、女を連れて、ひとまず田舎へ帰った。女は、始終ぼんやりしていた。ただいま無事に家に着きました、という事務的な堅い口調の手紙が一通来たきりで、その後は、女から、何の便りもなかった。女は、ひどく安心してしまっているらしかった。私には、それが不平であった。こちらが、すべての肉親を仰天《ぎょうてん》させ、母には地獄の苦しみを嘗《な》めさせて迄《まで》、戦っているのに、おまえ一人、無智な自信でぐったりしているのは、みっともない事である、と思った。毎日でも私に手紙を寄こすべきである、と思った。私を、もっともっと好いてくれてもいい、と思った。けれども女は、手紙を書きたがらないひとであった。私は、絶望した。朝早くから、夜おそく迄、れいの仕事の手助けに奔走《ほんそう》した。人から頼まれて、拒否した事は無かった。自分の其《そ》の方面に於《お》ける能力の限度が、少しずつ見えて来た。私は、二重に絶望した。*銀座裏のバアの女が、私を好いた。好かれる時期が、誰にだって一度ある。不潔な時期だ。私は、この女を誘って一緒に鎌倉の海へはいった。破れた時は、死ぬ時だと思っていたのである。れいの反神的な仕事にも破れかけた。肉体的にさえ、とても不可能なほどの仕事を、私は卑怯《ひきょう》と言われたくないばかりに、引受けてしまっていたのである。Hは、自分ひとりの幸福の事しか考えていない。おまえだけが、女じゃ無いんだ。おまえは、私の苦しみを知ってくれなかったから、こういう報いを受けるのだ。ざまを見ろ。私には、すべての肉親と離れてしまった事が一ばん、つらかった。Hとの事で、母にも、兄にも、叔母《おば》にも呆《あき》れられてしまったという自覚が、私の投身の最も直接な一因であった。女は死んで、私は生きた。死んだひとの事に就《つ》いては、以前に何度も書いた。私の生涯の、黒点である。私は、留置場に入れられた。取調べの末、起訴猶予《きそゆうよ》になった。昭和五年の歳末の事である。兄たちは、死にぞこないの弟に優しくしてくれた。

長兄はHを、芸妓の職から解放し、その翌《あく》るとしの二月に、私の手許《てもと》に送って寄こした。言約を潔癖《けっぺき》に守る兄である。Hはのんきな顔をしてやって来た。五反田《ごたんだ》の、島津公分譲地の傍に三十円の家を借りて住んだ。Hは甲斐甲斐《かいがい》しく立ち働いた。私は、二十三歳、Hは、二十歳である。

五反田は、阿呆の時代である。私は完全に、無意志であった。再出発の希望は、みじんも無かった。たまに訪ねて来る友人達の、御機嫌《ごきげん》ばかりをとって暮していた。自分の醜態《しゅうたい》の前科を、恥じるどころか、幽かに誇ってさえいた。実に、破廉恥《はれんち》な、低能の時期であった。学校へもやはり、ほとんど出なかった。すべての努力を嫌い、のほほん顔でHを眺めて暮していた。馬鹿である。何も、しなかった。ずるずるまた、れいの仕事の手伝いなどを、はじめていた。けれども、こんどは、なんの情熱も無かった。遊民の虚無《ニヒル》。それが、東京の一隅にはじめて家を持った時の、私の姿だ。

そのとしの夏に移転した。神田《かんだ》・同朋町《どうぼうちょう》。さらに晩秋には、神田・和泉町《いずみちょう》。その翌年の早春に、淀橋《よどばし》・柏木《かしわぎ》。なんの語るべき事も無い。朱麟堂《しゅりんどう》と号して俳句に凝《こ》ったりしていた。老人である。例の仕事の手助けの為に、二度も留置場に入れられた。留置場から出る度《たび》に私は友人達の言いつけに従って、別な土地に移転するのである。何の感激も、また何の嫌悪も無かった。それが皆の為に善いならば、そうしましょう、という無気力きわまる態度であった。ぼんやり、Hと二人で、雌雄の穴居《けっきょ》の一日一日を迎え送っているのである。Hは快活であった。一日に二、三度は私を口汚く呶鳴《どな》るのだが、あとはけろりとして英語の勉強をはじめるのである。私が時間割を作ってやって勉強させていたのである。あまり覚えなかったようである。英語はロオマ字をやっと読めるくらいになって、いつのまにか、止めてしまった。手紙は、やはり下手であった。書きたがらなかった。私が下書を作ってやった。あねご気取りが好きなようであった。私が警察に連れて行かれても、そんなに取乱すような事は無かった。れいの思想を、任侠的《にんきょうてき》なものと解して愉快《ゆかい》がっていた日さえあった。同朋町、和泉町、柏木、私は二十四歳になっていた。

そのとしの晩春に、私は、またまた移転しなければならなくなった。またもや警察に呼ばれそうになって、私は、逃げたのである。こんどのは、少し*複雑な問題であった。田舎の長兄に、出《で》鱈目《たらめ》な事を言ってやって、二箇月分の生活費を一度に送ってもらい、それを持って柏木を引揚《ひきあ》げた。家財道具を、あちこちの友人に少しずつ分けて預かってもらい、身のまわりの物だけを持って、日本橋・八丁堀《はっちょうぼり》の材木屋の二階、八畳間に移った。私は北海道生まれ、落合一雄という男になった。流石《さすが》に心細かった。所持のお金を大事にした。どうにかなろうという無能な思念で、自分の不安を誤魔化《ごまか》していた。明日に就《つ》いての心構えは何も無かった。何も出来なかった。時たま、学校へ出て、講堂の前の芝生に、何時間でも黙って寝ころんでいた。或《あ》る日の事、同じ高等学校を出た経済学部の一学生から、いやな話を聞かされた。煮え湯を飲むような気がした。まさか、と思った。知らせてくれた学生を、かえって憎んだ。Hに聞いてみたら、わかる事だと思った。いそいで八丁堀、材木屋の二階に帰って来たのだが、なかなか言い出しにくかった。初夏の午後である。西日が部屋にはいって、暑かった。私は、*オラガビイルを一本、Hに買わせた。当時、オラガビイルは、二十五銭であった。その一本を飲んで、もう一本、と言ったら、Hに呶鳴られた。呶鳴られて私も、気持に張りが出て来て、きょう学生から聞いて来た事を、努めてさりげない口調で、Hに告げることが出来た。Hは半可《はんか》臭《くさ》い、と田舎の言葉で言って、怒ったように、ちらと眉《まゆ》をひそめた。それだけで、静かに縫《ぬ》い物《もの》をつづけていた。濁った気配は、どこにも無かった。私は、Hを信じた。

その夜私は悪いものを読んだ。ルソオ*の懺悔録《ざんげろく》であった。ルソオが、やはり細君の以前の事で、苦汁を嘗めた箇所に突き当り、たまらなくなって来た。私は、Hを信じられなくなったのである。その夜、とうとう吐き出させた。学生から聞かされた事は、すべて本当であった。もっと、ひどかった。掘り下げて行くと、際限が無いような気配さえ感ぜられた。私は中途で止めてしまった。

私だとて、その方面では、人を責める資格が無い。鎌倉の事件は、どうしたことだ。けれども私は、その夜は煮えくりかえった。私はその日までHを、謂《い》わば掌中《しょうちゅう》の玉のように大事にして、誇っていたのだということに気附いた。こいつの為に生きていたのだ。私は女を、無垢《むく》のままで救ったとばかり思っていたのである。Hの言うままを、勇者の如《ごと》く単純に合点していたのである。友人達にも、私は、それを誇って語っていた。Hは、このように気象が強いから、僕の所へ来る迄《まで》は、守りとおす事が出来たのだと。目出度《めでた》いとも、何とも、形容の言葉が無かった。馬鹿息子である。女とは、どんなものだか知らなかった。私はHの欺瞞《ぎまん》を憎む気は、少しも起らなかった。告白するHを可愛いとさえ思った。背中を、さすってやりたく思った。私は、ただ、残念であったのである。私は、いやになった。自分の生活の姿を、棍棒《こんぼう》で粉砕したく思った。要するに、やり切れなくなってしまったのである。私は、自首*して出た。

検事の取調べが一段落して、死にもせず私は再び東京の街を歩いていた。帰るところは、Hの部屋より他に無い。私はHのところへ、急いで行った。侘しい再会である。共に卑屈《ひくつ》に笑いながら、私たちは力弱く握手した。八丁堀を引き上げて、芝区《しば》・白金三光町《しろかねさんこうちょう》。大きい空家の、離れの一室を借りて住んだ。故郷の兄たちは、呆れ果てながらも、そっとお金を送ってよこすのである。Hは、何事も無かったように元気になっていた。けれども私は、少しずつ、どうやら阿呆から眼ざめていた。遺書を綴《つづ》った。「思い出」*百枚である。今では、この「思い出」が私の処女作という事になっている。自分の幼時からの悪を、飾らずに書いて置きたいと思ったのである。二十四歳の秋の事である。草蓬々《ほうほう》の広い廃園を眺めながら、私は離れの一室に坐《すわ》って、めっきり笑を失っていた。私は、再び死ぬつもりでいた。きざと言えば、きざである。いい気なものであった。私は、やはり、人生をドラマと見做《みな》していた。いや、ドラマを人生と見做していた。もう今は、誰の役にも立たぬ。唯一のHにも、他人の手垢《てあか》が附いていた。生きて行く張合いが全然、一つも無かった。ばかな、滅亡の民の一人として、死んで行こうと、覚悟をきめていた。時潮が私に振り当てた役割を、忠実に演じてやろうと思った。必ず人に負けてやる、という悲しい卑屈な役割を。

けれども人生は、ドラマでなかった。二幕目は誰も知らない。「滅び」の役割を以て登場しながら、最後まで退場しない男もいる。小さい遺書のつもりで、こんな穢《きたな》い子供もいましたという幼年及び少年時代の私の告白を、書き綴ったのであるが、その遺書が、逆に猛烈に気がかりになって、私の虚無に幽かな燭燈《ともし》がともった。死に切れなかった。その「思い出」一篇だけでは、なんとしても、不満になって来たのである。どうせ、ここまで書いたのだ。全部を、書いて置きたい。きょう迄《まで》の生活の全部を、ぶちまけてみたい。あれも、これも。書いて置きたい事が一ぱい出て来た。まず、鎌倉の事件を書いて、駄目《だめ》。どこかに手落が在る。さらに又《また》、一作書いて、やはり不満である。溜息ついて、また次の一作にとりかかる。ピリオドを打ち得ず、小さいコンマの連続だけである。永遠においでおいでの、あの悪魔《デモン》に、私はそろそろ食われかけていた。*蟷螂《とうろう》の斧《おの》である。

私は二十五歳になっていた。昭和八年である。私は、このとしの三月に大学を卒業しなければならなかった。けれども私は、卒業どころか、てんで試験にさえ出ていない。故郷の兄たちは、それを知らない。ばかな事ばかり、やらかしたがそのお詫《わ》びに、学校だけは卒業して見せてくれるだろう。それくらいの誠実は持っている奴だと、ひそかに期待していた様子であった。私は見事に裏切った。卒業する気は無いのである。信頼している者を欺《あざむ》くことは、狂せんばかりの地獄である。それからの二年間、私は、その地獄の中に住んでいた。来年は、必ず卒業します。どうか、もう一年、おゆるし下さい、と長兄に泣訴《きゅうそ》しては裏切る。そのとしも、そうであった。その翌《あく》るとしも、そうであった。死ぬるばかりの猛省と自嘲と恐怖の中で、死にもせず私は、身勝手な、遺書と称する一聯《いちれん》の作品に凝っていた。これが出来たならば。そいつは所詮《しょせん》、青くさい気取った感傷に過ぎなかったのかも知れない。けれども私は、その感傷に、命を懸《か》けていた。私は書き上げた作品を、大きい紙袋に、三つ四つと貯蔵した。次第に作品の数も殖《ふ》えて来た。私は、その紙袋に毛筆で、「晩年」と書いた。その一聯の遺書の、銘題《めいだい》のつもりであった。もう、これで、おしまいだという意味なのである。芝の空家《あきや》に買手が附いたとやらで、私たちは、そのとしの早春に、そこを引き上げなければならなかった。学校を卒業できなかったので、故郷からの仕送りも、相当減額されていた。一層倹約をしなければならぬ。杉並区・天沼《あまぬま》三丁目。知人の家の一部屋を借りて住んだ。その人は、新聞社に勤めて居られて、立派な市民であった。それから二年間、共に住み、実に心配をおかけした。私には、学校を卒業する気は、さらに無かった。馬鹿のように、ただ、あの著作集の完成にのみ、気を奪われていた。何か言われるのが恐しくて、私は、その知人にも、またHにさえ、来年は卒業出来るという、一時のがれの嘘をついていた。一週間に一度くらいは、ちゃんと制服を着て家を出た。学校の図書館で、いい加減にあれこれ本を借り出して読み散らし、やがて居眠りしたり、また作品の下書をつくったりして、夕方には図書館を出て、天沼へ帰った。Hも、またその知人も、私を少しも疑わなかった。表面は、全く無事であったが、私は、ひそかに、あせっていた。刻一刻、気がせいた。故郷からの仕送りが、切れないうちに書き終えたかった。けれども、なかなか骨が折れた。書いては破った。私は、ぶざまにもあの悪魔《デモン》に、骨の髄《ずい》まで食い尽されていた。

一年経った。私は卒業しなかった。兄たちは激怒したが、私はれいの泣訴した。来年は必ず卒業しますと、はっきり嘘を言った。それ以外に、送金を願う口実は無かった。実情はとても誰にも、言えたものではなかった。私は共犯者を作りたくなかったのである。私ひとりを、完全に野良《のら》息子にして置きたかった。すると、周囲の人の立場も、はっきりしていて、いささかも私に巻添え食うような事が無いだろうと信じた。遺書を作るために、もう一年などと、そんな突飛な事は言い出せるものでない。私は、ひとりよがりの謂《い》わば詩的な夢想家と思われるのが、何よりいやだった。兄たちだって、私がそんな非現実的な事を言い出したら、送金したくても、送金を中止するより他は無かったろう。実情を知りながら送金したとなれば、兄たちは、後々世間の人から、私の共犯者のように思われるだろう。それは、いやだ。私はあくまで＊狡智《こうち》佞弁《ねいべん》の弟になって兄たちを欺いていなければならぬ、と盗賊の三分の理窟《りくつ》に似ていたが、そんなふうに大真面目《おおまじめ》に考えていた。私は、やはり一週間にいちどは、制服を着て登校した。Hも、またその新聞社の知人も、来年の卒業を、美しく信じていた。私は、せっぱ詰まった。来る日も来る日も、真黒だった。私は、悪人でない！　人を欺く事は、地獄である。やがて、天沼一丁目。三丁目は通勤に不便のゆえを以て、知人は、そのとしの春に、一丁目の市場の裏に居を移した。荻窪駅の近くである。誘われて私たちも一緒について行き、その家の二階の部屋を借りた。私は毎夜、眠られなかった。安い酒を飲んだ。痰《たん》が、やたらに出た。病気かも知れぬと思うのだが、私は、それどころでは無かった。早く、あの、紙袋の中の作品集を纏《まと》めあげたかった。身勝手な、いい気な考えであろうが、私はそれを、皆へのお詫びとして残したかった。私に出来る精一ぱいの事であった。そのとしの晩秋に、私は、どうやら書き上げた。二十数篇の中、十四篇だけを選び出し、あとの作品は、書き損じの原稿と共に焼き捨てた。行李《こうり》一杯ぶんは充分にあった。庭に持ち出して、きれいに燃やした。

「ね、なぜ焼いたの。」Hは、その夜、ふっと言い出した。

「要《い》らなくなったから。」私は微笑して答えた。

「なぜ焼いたの。」同じ言葉を繰り返した。泣いていた。

私は身のまわりの整理をはじめた。人から借りていた書籍はそれぞれ返却し、手紙やノオトも、屑屋《くずや》に売った。「晩年」の袋の中には、別に書状を二通こっそり入れて置いた。準備が出来た様子である。私は毎夜、安い酒を飲みに出かけた。Hと顔を合わせて居るのが、恐しかったのである。そのころ、或る学友から、同人雑誌を出さぬかという相談を受けた。私は、半ばは、いい加減であった。「青い花」*という名前だったら、やってもいいと答えた。冗談から駒《こま》が出た。諸方から同志が名乗って出たのである。その中の二人と、私は急激に親しくなった。私は謂《い》わば青春の最後の情熱を、そこで燃やした。死ぬる前夜の乱舞である。共に酔って、低能の学生たちを殴打した。穢《けが》れた女たちを肉親のように愛した。Hの箪笥《たんす》は、Hの知らぬ間に、からっぽになっていた。純文芸冊子「青い花」は、そのとしの十二月に出来た。たった一冊出て仲間は四散した。目的の無い異様な熱狂に呆れたのである。あとには、私たち三人だけが残った。三馬鹿*と言われた。けれども此《こ》の三人は生涯の友人であった。私には、二人に教えられたものが多く在る。

あくる年、三月、そろそろまた卒業の季節である。私は、某新聞社の入社試験を受けたりしていた。同居の知人にも、またHにも、私は近づく卒業にいそいそしているように見せ掛けたかった。新聞記者になって、一生平凡に暮すのだ、と言って一家を明るく笑わせていた。どうせ露見する事なのに、一日でも一刻でも永く平和を持続させたくて、人を驚愕《きょうがく》させるのが何としても恐しくて、私は懸命に其《そ》の場かぎりの嘘をつくのである。私は、いつでも、そうであった。そうして、せっぱつまって、死ぬ事を考える。結局は露見して、人を幾層倍も強く驚愕させ、激怒させるばかりであるのに、どうしても、その興覚めの現実を言い出し得ず、もう一刻、もう一刻と自ら虚偽《きょぎ》の地獄を深めている。もちろん新聞社などへ、はいるつもりも無かったし、また試験にパスする筈《はず》も無かった。完璧《かんぺき》の*瞞着《まんちゃく》の陣地も、今は破れかけた。死ぬ時が来た、と思った。私は三月中旬、ひとりで鎌倉へ行った。昭和十年である。私は鎌倉の山で*縊死《いし》を企てた。

やはり鎌倉の、海に飛び込んで騒ぎを起してから、五年目の事である。私は泳げるので、海で死ぬのは、むずかしかった。私は、かねて確実と聞いていた縊死を選んだ。けれども私は、再び、ぶざまな失敗をした。息を、吹き返したのである。私の首は、人並はずれて太いのかも知れない。首筋が赤く爛《ただ》れたままの姿で、私は、ぼんやり天沼の家に帰った。

自分の運命を自分で規定しようとして失敗した。ふらふら帰宅すると、見知らぬ不思議な世界が開かれていた。Hは、玄関で私の背筋をそっと撫《な》でた。他の人も皆、よかった、よかったと言って、私を、いたわってくれた。人生の優しさに私は呆然《ぼうぜん》とした。長兄も、田舎から駈《か》けつけて来ていた。私は長兄に厳しく罵倒《ばとう》されたけれども、その兄が懐しくて、慕わしくて、ならなかった。私は、生まれてはじめてと言っていいくらいの不思議な感情ばかりを味わった。

思いも設けなかった運命が、すぐ続いて展開した。それから数日後、私は劇烈な腹痛に襲われたのである。私は一昼夜眠らずに怺《こら》えた。湯たんぽで腹部を温めた。気が遠くなりかけて、医者を呼んだ。私は蒲団のままで寝台車に乗せられ、阿佐ケ谷《あさがや》の外科病院に運ばれた。すぐに手術された。盲腸炎である。医者に見せるのが遅かった上に、湯たんぽで温めたのが悪かった。腹膜に膿《うみ》が流出していて、困難な手術になった。手術して二日目に、咽喉《のど》から血塊がいくらでも出た。前からの胸部の病気が、急に表面にあらわれて来たのであった。私は、虫の息になった。医者にさえはっきり見放されたけれども、悪業の深い私は、少しずつ恢復《かいふく》して来た。一箇月たって腹部の傷口だけは癒着《ゆちゃく》した。けれども私は伝染病患者として、世田谷区・経堂の内科病院に移された。Hは、絶えず私の傍に附いていた。ベ*エゼしてもならぬと、お医者に言われました、と笑って私に教えた。その病院の院長は、長兄の友人であった。私は特別に大事にされた。広い病室を二つ借りて家財道具全部を持ち込み、病院に移住してしまった。五月、六月、七月、そろそろ藪蚊《やぶか》が出て来て病室に白い蚊帳《かや》を吊《つ》りはじめたころ、私は院長の指図で、千葉県船橋町に転地した。海岸である。町はずれに、新築の家を借りて住んだ。転地保養の意味であったのだが、ここも、私の為に悪かった。地獄の大動乱がはじまった。私は、阿佐ケ谷の外科病院にいた時から、いまわしい悪癖に馴染《なじ》んでいた。＊麻痺剤《まひざい》の使用である。はじめは医者も私の患部の苦痛を鎮《しず》める為に、朝夕ガアゼの詰めかえの時にそれを使用したのであったが、やがて私は、その薬品に拠《よ》らなければ眠れなくなった。私は不眠の苦痛には極度にもろかった。私は毎夜、医者にたのんだ。ここの医者は、私のからだを見放していた。私の願いを、いつでも優しく聞《き》き容《い》れてくれた。内科病院に移ってからも、私は院長に執拗《しつよう》にたのんだ。院長は三度に一度くらいは渋々応じた。もはや、肉体の為では無くて、自分の慚愧《ざんき》、焦躁《しょうそう》を消す為に、医者に求めるようになっていたのである。私には侘しさを怺える力が無かった。船橋に移ってからは町の医院に行き、自分の不眠と中毒症状を訴えて、その薬品を強要した。のちには、その気の弱い町医者に無理矢理、証明書を書かせて、町の薬屋から直接に薬品を購入した。気が附くと、私は陰惨な中毒患者になっていた。たちまち、金につまった。私は、その頃、毎月九十円の生活費を、長兄から貰《もら》っていた。それ以上の臨時の入費に就《つ》いては、長兄も流石《さすが》に拒否した。当然の事であった。私は、兄の愛情に報いようとする努力を何一つ、していない。身勝手に、命をいじくり廻してばかりいる。そのとしの秋以来、時たま東京の街に現れる私の姿は、既に薄穢《うすぎたな》い半狂人であった。その時期の、様々の情ない自分の姿を、私は、みんな知っている。忘れられない。私は、日本一の陋劣《ろうれつ》な青年になっていた。十円、二十円の金を借りに、東京へ出て来るのである。雑誌社の編輯員《へんしゅういん》の面前で、泣いてしまった事もある。あまり執拗《しつこ》くたのんで編輯員に呶鳴られた事もある。その頃は、私の原稿も、少しは金になる可能性があったのである。私が阿佐ケ谷の病院や、経堂の病院に寝ている間に、友人達の奔走《ほんそう》に依《よ》り、私の、あの紙袋の中の「遺書」は二つ三つ、いい雑誌に発表せられ、その反響として起った罵倒の言葉も、また支持の言葉も、共に私には強烈すぎて狼狽《ろうばい》、不安の為に逆上して、薬品中毒は一層すすみ、あれこれ苦しさの余り、のこのこ雑誌社に出掛けては編輯員または社長にまで面会を求めて、原稿料の前借をねだるのである。自分の苦悩に狂いすぎて、他の人もまた精一ぱいで生きているのだという当然の事実に気附かなかった。あの紙袋の中の作品も、一篇残さず売り払ってしまった。もう何も売るものが無い。すぐには作品も出来なかった。既に材料が枯渇《こかつ》して、何も書けなくなっていた。その頃の文壇は私を指さして、「才あって徳なし。」と評していたが、私自身は、「徳の芽あれども才なし。」であると信じていた。私には所謂《いわゆる》、文才というものは無い。からだごと、ぶっつけて行くより、てを知らなかった。野暮天《やぼてん》である。一宿一飯の恩義などという固苦しい道徳に悪くこだわって、やり切れなくなり、逆にやけくそに破廉恥《はれんち》ばかり働く類《たぐい》である。私は厳しい保守的な家に育った。借銭は、最悪の罪であった。借銭から、のがれようとして、更《さら》に大きい借銭を作った。あの薬品の中毒をも、借銭の慚愧を消すために、もっともっと、と自ら強くした。薬屋への支払いは、増大する一方である。私は白昼の銀座をめそめそ泣きながら歩いた事もある。金が欲しかった。私は二十人ちかくの人から、まるで奪い取るように金を借りてしまった。死ねなかった。その借銭を、きれいに返してしまってから、死にたく思っていた。

私は、人から相手にされなくなった。船橋へ転地して一箇年経って、昭和十一年の秋に私は自動車に乗せられ、東京、板橋区*の或る病院に運び込まれた。一夜眠って、眼が覚めてみると、私は脳病院の一室にいた。

一箇月そこで暮して、秋晴れの日の午後、やっと退院を許された。私は、迎えに来ていたHと二人で自動車に乗った。

一箇月振りで逢《あ》ったわけだが、二人とも、黙っていた。自動車が走り出して、しばらくしてからHが口を開いた。

「もう薬は、やめるんだね。」怒っている口調であった。

「僕は、これから信じないいんだ。」私は病院で覚えて来た唯一の事を言った。

「そう。」現実家のHは、私の言葉を何か金銭的な意味に解したらしく、深く首肯《うなず》いて、

「人は、あてになりませんよ。」

「おまえの事も信じないんだよ。」

Hは気まずそうな顔をした。

船橋の家は、私の入院中に廃止せられて、Hは杉並区・天沼三丁目のアパートの一室に住んでいた。私は、そこに落ちついた。二つの雑誌社から、原稿の注文が来ていた。すぐに、その退院の夜から、私は書きはじめた。二つの小説を書き上げ、その原稿料を持って、熱海に出かけ、一箇月間、節度も無く酒を飲んだ。この後どうしていいか、わからなかった。長兄からは、もう三年間、月々の生活費をもらえる事になっていたが、入院前の山ほどの負債は、そのままに残っていた。熱海で、いい小説を書き、それで出来たお金でもって、目前の最も気がかりな負債だけでも返そうという計画も、私には在ったのであるが、小説を書くどころか、私は自分の周囲の荒涼に堪えかねて、ただ、酒を飲んでばかりいた。つくづく自分を、駄目な男だと思った。熱海では、かえって私は、さらに借銭を、ふやしてしまった。何をしても、だめである。私は、完全に敗れた様子であった。

私は天沼のアパートに帰り、あらゆる望みを放棄した薄よごれた肉体を、ごろりと横たえた。私は、はや二十九歳であった。何も無かった。私には、どてら一枚。Hも、着たきりであった。もう、この辺が、どん底というものであろうと思った。長兄からの月々の仕送りに縋《すが》って、虫のように黙って暮した。

　けれども、まだまだ、それは、どん底ではなかった。そのとしの早春に、私は或る洋画家から思いも設けなかった意外の相談を受けたのである。ごく親しい友人であった。私は話を聞いて、窒息《ちっそく》しそうになった。Hが既に哀しい間違いを、していたのである。あの、不吉な病院から出た時、自動車の中で、私の何でも無い抽象的な放言に、ひどくどぎまぎしたHの様子がふっと思い出された。私はHに苦労をかけて来たが、けれども、生きて在る限りはHと共に暮して行くつもりでいたのだ。私の愛情の表現は拙《つたな》いから、Hも、また洋画家も、それに気が附いてくれなかったのである。相談を受けても、私には、どうする事も出来なかった。私は、誰にも傷をつけたく無いと思った。三人の中では、私が一番の年長者であった。私だけでも落ちついて、立派な指図をしたいと思ったのだが、やはり私は、あまりの事に顚倒《てんとう》し、狼狽し、おろおろしてしまって、かえってHたちに軽蔑されたくらいであった。何も出来なかった。そのうちに洋画家は、だんだん逃腰になった。私は、苦しい中でも、Hを不憫《ふびん》に思った。Hは、もう、死ぬるつもりでいるらしかった。どうにも、やり切れなくなった時に、私も死ぬ事を考える。二人で一緒に死のう。神さまだって、ゆるしてくれる。私たちは、仲の良い兄妹のように、旅に出た。水上《みなかみ》温泉。その夜、二人は山で自殺を行った。Hを死なせては、ならぬと思った。私は、その事に努力した。Hは、生きた。私も見事に失敗した。薬品を用いたのである。

私たちは、とうとう別れた。Hを此《こ》の上ひきとめる勇気が私に無かった。捨てたと言われてもよい。人道主義とやらの虚勢で、我慢を装ってみても、その後の日々の醜悪な地獄が明確に見えているような気がした。Hは、ひとりで田舎の母親の許《もと》へ帰って行った。洋画家の消息は、わからなかった。私は、ひとりアパートに残って自炊の生活をはじめた。焼酎《しょうちゅう》を飲む事を覚えた。歯がぼろぼろに欠けて来た。私は、いやしい顔になった。私は、アパートの近くの下宿に移った。最下等の下宿屋であった。私は、それが自分に、ふさわしいと思った。これが、この世の見おさめと、門辺《かどべ》に立てば月かげや、枯《かれ》野《の》は走り、松は佇《たたず》む。私は、下宿の四畳半で、ひとりで酒を飲み、酔っては下宿を出て、下宿の門柱に寄りかかり、そんな出鱈目な歌を、小声で呟《つぶや》いている事が多かった。二、三の共に離れがたい親友の他には、誰も私を相手にしなかった。私が世の中から、どんなに見られているのか、少しずつ私にも、わかって来た。私は無智驕慢《きょうまん》の無頼漢《ぶらいかん》、または白痴《はくち》、または下等狡猾《こうかつ》の好色漢、にせ天才の詐欺師《さぎし》、ぜいたく三昧《ざんまい》の暮しをして、金につまると狂言自殺をして田舎の親たちを、おどかす。貞淑《ていしゅく》の妻を、犬か猫のように虐《ぎゃく》待《たい》して、とうとう之《これ》を追い出した。その他、様々の伝説が嘲笑《ちょうしょう》、嫌悪憤怒《ふんぬ》を以て世人に語られ、私は全く葬り去られ、廃人の待遇を受けていたのである。私は、それに気が附き、下宿から一歩も外に出たくなくなった。酒の無い夜は、塩せんべいを齧《かじ》りながら探偵小説を読むのが、幽《かす》かに楽しかった。雑誌社からも新聞社からも、原稿の注文は何も無い。また何も書きたくなかった。書けなかった。けれども、あの病気中の借銭に就《つ》いては、誰もそれを催促する人は無かったが、私は夜の夢の中でさえ苦しんだ。私は、もう三十歳になっていた。

　何の転機で、そうなったろう。私は、生きなければならぬと思った。故郷の家の不幸が、私にその当然の力を与えたのか。*長兄が代議士に当選して、その直後に選挙違犯で起訴された。私は、長兄の厳しい人格を畏敬《いけい》している。周囲に悪い者がいたのに違いない。姉が死んだ。甥《おい》が死んだ。従弟《いとこ》が死んだ。私は、それらを風聞《ふうぶん》に依《よ》って知った。早くから、故郷の人たちとは、すべて音信不通になっていたのである。相続く故郷の不幸が、寝そべっている私の上半身を、少しずつ起してくれた。私は、故郷の家の大きさに、はにかんでいたのだ。金持の子というハンデキャップに、やけくそを起していたのだ。不当に恵まれているという、いやな恐怖感が、幼時から、私を卑屈にし、厭世的《えんせいてき》にしていた。金持の子供は金持の子供らしく大地獄に落ちなければならぬという信仰を持っていた。逃げるのは卑怯だ。立派に、悪業の子として死にたいと努めた。けれども、一夜、気が附いてみると、私は金持の子供どころか、着て出る着物さえ無い賤民《せんみん》であった。故郷からの仕送りの金も、ことし一年で切れる筈《はず》だ。既に戸籍は、分けられて在る。しかも私の生まれて育った故郷の家も、いまは不仕合《ふしあ》わせの底にある。もはや、私には人に恐縮しなければならぬような生得の特権が、何も無い。かえって、マイナスだけである。その自覚と、もう一つ。下宿の一室に、死ぬる気魄《きはく》も失って寝ころんでいる間に、私のからだが不思議にめきめき頑健《がんけん》になって来たという事実をも、大いに重要な一因として挙げなければならぬ。なお又《また》、年齢、戦争、歴史観の動揺、怠惰《たいだ》への嫌悪、文学への謙虚、神は在る、などといろいろ挙げる事も出来るであろうが、人の転機の説明は、どうも何だか空々しい。その説明が、ぎりぎりに正確を期したものであっても、それでも必ずどこかに嘘の間隙《かんげき》が匂《にお》っているものだ。人は、いつも、こう考えたり、そう思ったりして行路を選んでいるものでは無いからでもあろう。多くの場合、人はいつのまにか、ちがう野原を歩いている。

私は、その三十歳の初夏、はじめて本気に、文筆生活を志願した。思えば、晩《おそ》い志願であった。私は下宿の、何一つ道具らしい物の無い四畳半の部屋で、懸命に書いた。下宿の夕飯がお櫃《ひつ》*に残れば、それでこっそり握りめしを作って置いて深夜の仕事の空腹に備えた。こんどは、遺書として書くのではなかった。生きて行く為に、書いたのだ。一先輩は、私を励ましてくれた。世人がこぞって私を憎み嘲笑していても、その先輩作家だけは、始終かわらず私の人間をひそかに支持して下さった。私は、その貴い信頼にも報いなければならぬ。やがて、「姥捨《うばすて》」という作品が出来た。Hと水上温泉へ死にに行った時の事を、正直に書いた。之《これ》は、すぐに売れた。忘れずに、私の作品を待っていてくれた編輯者が一人あったのである。私はその原稿料を、むだに使わず、まず質屋から、よそ行きの着物を一まい受け出し、着飾って旅に出た。甲州《こうしゅう》の山である。さらに思いをあらたにして、長い小説にとりかかるつもりであった。甲州には、満一箇年いた。長い*小説は完成しなかったが、短篇は十以上、発表した。諸方から支持の声を聞いた。文壇を有りがたい所だと思った。一生そこで暮し得る者は、さいわいなる哉《かな》と思った。翌年、昭和十四年の正月に、私は、あの先輩のお世話で平凡な見合い結婚をした。いや、平凡*では無かった。私は無一文で婚礼の式を挙げたのである。甲府市《こうふし》のまちはずれに、二部屋だけの小さい家を借りて、私たちは住んだ。その家の家賃は、一箇月六円五十銭であった。私は創作集を、つづけて二冊出版した。わずかに余裕が出来た。私は気がかりの借銭を少しずつ整理したが、之《これ》は中々《なかなか》の事業であった。そのとしの初秋に東京市外、三鷹町に移住した。もはや、ここは東京市ではない。私の東京市の生活は、荻窪の下宿から、かばん一つ持って甲州に出かけた時に、もう中断されてしまっていたのである。

私は、いまは一箇の原稿生活者である。旅に出ても宿帳には、こだわらず、文筆業と書いている。苦しさは在っても、めったに言わない。以前にまさる苦しさは在っても私は微笑を装っている。ばか共《ども》は、私を俗化したと言っている。毎日、武蔵野《むさしの》の夕陽は、大きい。ぶるぶる煮えたぎって落ちている。私は、夕陽の見える三畳間にあぐらをかいて、侘しい食事をしながら妻に言った。「僕は、こんな男だから出世も出来ないし、お金持にもならない。けれども、この家一つは何とかして守って行くつもりだ。」その時に、ふと東京八景を思いついたのである。過去が、走馬燈《そうまとう》のように胸の中で廻った。

ここは東京市外ではあるが、すぐ近くの井《い》の頭《かしら》公園も、東京名所の一つに数えられているのだから、此《こ》の武蔵野の夕陽を東京八景の中に加入させたって、差支え無い。あと七景を決定しようと、私は自分の、胸の中のアルバムを繰ってみた。併《しか》しこの場合、芸術になるのは、東京の風景でなかった。風景の中の私であった。芸術が私を欺いたのか。私が芸術を欺いたのか。結論。芸術は、私である。

戸塚の梅雨。本郷の黄昏。神田の祭礼。柏木の初雪。八丁堀の花火。芝の満月。天沼の蜩《ひぐらし》。銀座の稲妻。板橋脳病院のコスモス。荻窪の朝霧。武蔵野の夕陽。思い出の暗い花が、ぱらぱら躍《おど》って、整理は至難であった。また、無理にこさえて八景にまとめるのも、げびた事だと思った。そのうちに私は、この春と夏、更に二景を見つけてしまったのである。

ことし四月四日に私は小石川《こいしかわ》の大先輩、Sさん＊を訪れた。Sさんには、私は五年前の病気の時に、ずいぶん御心配をおかけした。ついには、ひどく叱《しか》られ、破門《はもん》のようになっていたのであるが、ことしの正月には御年始に行き、お詫びとお礼を申し上げた。それから、ずっとまた御無沙汰して、その日は、親友の著書の出版記念会の発起人になってもらいに、あがったのである。御在宅であった。願いを聞きいれていただき、それから画のお話や、芥川龍之介《あくたがわりゅうのすけ》の文学に就《つ》いてのお話などを伺《うかが》った。「僕は君には意地悪くして来たような気もするが、今になってみると、かえってそれが良い結果になったようで、僕は嬉しいと思っているのだ。」れいの重い口調で、そうも言われた。自動車で一緒に上野に出かけた。美術館で洋画の展覧会＊を見た。つまらない画が多かった。私は一枚の画の前で立ちどまった。やがてSさんも傍へ来られて、その画に、ずっと顔を近づけ、

「あまいね。」と無心に言われた。

「だめです。」私も、はっきり言った。

Hの、あの洋画家の画であった。

美術館を出て、それから茅場町《かやばちょう》で「美しき争い」＊という映画の試写を一緒に見せていただき、後に銀座へ出てお茶を飲み一日あそんだ。夕方になって、Sさんは新橋駅から

バスで帰ると言われるので、私も新橋駅まで一緒に歩いた。途中で私は、東京八景の計画をSさんにお聞かせした。

「さすがに、武蔵野の夕陽は大きいですよ。」

Sさんは新橋駅前の橋の上で立ちどまり、

「画になるね。」と低い声で言って、銀座の橋のほうを指さした。

「はあ。」私も立ちどまって、眺めた。

「画になるね。」重ねて、ひとりごとのようにして、おっしゃった。

眺められている風景よりも、眺めているSさんと、その破門の悪い弟子《でし》の姿を、私は東京八景の一つに編入しようと思った。

それから、ふたつきほど経って私は、更に明るい一景を得た。某日、妻の妹から、

「いよいよ*Tが明日出発する事になりました。芝公園で、ちょっと面会出来るそうです。明朝九時に、芝公園へ来て下さい。兄上からTへ、私の気持を、うまく伝えてやって下さい。私は、ばかですから、Tには何も言ってないのです。」という速達が来たのである。妹は二十二歳であるが、柄《がら》が小さいから子供のように見える。昨年、T君と見合いをして約婚したけれども、結納《ゆいのう》の直後にT君は応召になって東京の或る聯隊《れんたい》にはいった。私も、いちど軍服のT君と逢って三十分ほど話をした事がある。はきはきした、上品な

青年であった。明日いよいよ戦地へ出発する事になった様子である。その速達が来てから、二時間も経たぬうちに、また妹から速達が来た。それには、「よく考えてみましたら、先刻のお願いは、蓮葉《はすは》な事だと気が附きました。Tには何もおっしゃらなくてもいいのです。ただ、お見送りだけ、して下さい。」と書いてあったので私も、妻も噴き出した。ひとりで、てんてこ舞いしている様《さま》が、よくわかるのである。妹は、その二、三日前から、T君の両親の家に手伝いに行っていたのである。

翌朝、私たちは早く起きて芝公園に出かけた。*増上寺《ぞうじょうじ》の境内《けいだい》に、大勢の見送り人が集っていた。*カアキ色の団服を着ていそがしげに群集を掻《か》きわけて歩き廻っている老人を、つかまえて尋《たず》ねると、T君の部隊は、山門の前にちょっと立ち寄り、五分間休憩して、すぐにまた出発、という答えであった。私たちは境内から出て、山門の前に立ち、T君の部隊の到着を待った。やがて妹も小さい旗を持って、T君の両親と一緒にやって来た。私は、T君の両親とは初対面である。まだはっきり親戚になったわけでもなし、社交下手の私は、ろくに挨拶もしなかった。軽く目礼しただけで、

「どうだ。落ちついているか？」と妹のほうに話しかけた。

「なんでもないさ。」妹は、陽気に笑って見せた。

「どうして、こうなんでしょう。」妻は顔をしかめた。「そんなに、げらげら笑って。」

T君の見送り人は、ひどく多かった。T君の名前を書き記した大きい幟《のぼり》が、六本も山門の前に立ちならんだ。T君の家の工場で働いている職工さん、女工さんたちも、工場を休んで見送りに来た。私は皆から離れて、山門の端のほうに立った。ひがんでいたのである。T君の家は、金持だ。私は、歯も欠けて、服装もだらしない。袴《はかま》もはいていなければ、帽子さえかぶっていない。貧乏文士だ。息子の許嫁《いいなずけ》の薄穢い身内が来た、とT君の両親たちは思っているにちがいない。妹が私のほうに話しに来ても、「おまえは、きょうは大事な役なのだから、お父さんの傍に附いていなさい。」と言って追いやった。T君の部隊は、なかなか来なかった。十時、十一時、十二時になっても来なかった。女学校の修学旅行の団体が、遊覧バスに乗って、幾組も目の前を通る。バスの扉に、その女学校の名前を書いた紙片が貼《は》りつけられて在る。故郷の女学校の名もあった。長兄の長女も、その女学校にはいっている筈《はず》である。乗っているのかも知れない。この東京名所の増上寺山門の前に、ばかな叔父《おじ》が、のっそり立っているさまを、叔父とも知らず無心に眺めて通ったのかも知れない等と思った。二十台ほど、絶えては続き山門の前を通り、バスの女車掌がその度毎《たびごと》に、ちょうど私を指さして何か説明をはじめるのである。はじめは平気を装っていたが、おしまいには、私もポオズをつけてみたりなどした。バ*ルザック像のようにゆったりと腕組みした。すると、私自身が、東京名所の一つになってしまったような気さえして来たのである。一時ちかくなって、来た、来たという叫びが起って、間もなく兵隊を満載したトラックが山門前に到着した。T君は、＊ダットサン運転の技術を体得していたので、そのトラックの運転台に乗っていた。私は、人ごみのうしろから、ぼんやり眺めていた。

「兄さん。」いつの間にか私の傍に来ていた妹が、そう小声で言って、私の背中を強く押した。気を取り直して、見ると、運転台から降りたT君は、群集の一ばんうしろに立っている私を、いち早く見つけた様子で挙手の礼をしているのである。私は、それでも一瞬疑って、あたりを見廻し躊躇《ちゅうちょ》したが、やはり私に礼をしているのに違いなかった。私は決意して群集を掻きわけ、妹と一緒にT君の面前まで進んだ。

「あとの事は心配ないんだ。妹は、こんなばかですが、でも女の一ばん大事な心掛けは知っている筈《はず》なんだ。少しも心配ないんだ。私たち皆で引き受けます。」私は、珍しく、ちっとも笑わずに言った。妹の顔を見ると、これもやや仰向《あおむけ》になって緊張している。T君は、少し顔を赤らめ、黙ってまた挙手の礼をした。

「あと、おまえから言うこと無いか？」こんどは私も笑って、妹に尋ねた。妹は、

「もう、いい。」と顔を伏せて言った。

すぐ出発の号令が下った。私は再び人ごみの中にこそこそ隠れて行ったが、やはり妹

に背中を押されて、こんどは運転台の下まで進出してしまった。その辺には、T君の両親が立っているだけである。

「安心して行って来給え。」私は大きい声で言った。T君の厳父は、ふと振り返って私の顔を見た。ばかに出しゃばる、こいつは何者という不機嫌の色が、その厳父の眼つきに、ちらと見えた。けれども私は、その時は、たじろがなかった。人間のプライドの窮《きゅう》極《きょく》の立脚点は、あれにも、これにも死ぬほど苦しんだ事があります、と言い切れる自覚ではないか。私は丙種《へいしゅ》合格で、しかも貧乏だが、いまは遠慮する事は無い。東京名所は、更に大きい声で、

「あとは、心配ないぞ!」と叫んだ。これからT君と妹との結婚の事で、万一むずかしい場合が惹起《じゃっき》したところで、私は世間体などに構わぬ無法者だ、必ず二人の最後の力になってやれると思った。

増上寺山門の一景を得て、私は自分の作品の構想も、いまや十分に弓を、満月の如《ごと》くきりりと引きしぼったような気がした。それから数日後、東京市の大地図と、ペン、インク、原稿用紙を持って、いさんで伊豆に旅立った。伊豆の温泉宿に到着してからは、どんな事になったか。旅立ってから、もう十日も経つけれど、まだ、あの温泉宿に居るようである。何をしている事やら。

清*貧譚

以下に記すのは、かの聊斎志異《*りょうさいしい》の中の一篇である。原文は、千八百三十四字、之《これ》を私たちの普通用いている四百字詰の原稿用紙に書き写しても、わずかに四枚半くらいの、極《ご》く短い小片に過ぎないのであるが、読んでいるうちに様々の空想が湧《わ》いて出て、優に三十枚前後の好短篇を読了した時と同じくらいの満酌《まんしゃく》の感を覚えるのである。私は、この四枚半の小片にまつわる私の様々の空想を、そのまま書いてみたいのである。このような仕草《しぐさ》が果して創作の本道かどうか、それには議論もある事であろうが、聊斎志異の中の物語は、文学の古典というよりは、故土《*こど》の口碑《こうひ》に近いものだと私は思っているので、その古い物語を骨子《こっし》として、二十世紀の日本の作家が、不逞《*ふてい》の空想を案配《あんばい》し、かねて自己の感懐《かんかい》を託《たく》し以《もっ》て創作也《なり》と読者にすすめても、あながち深い罪にはなるまいと考えられる。私の新体制*も、ロマンチシズムの発掘以外には無いようだ。

むかし江戸、向島《*むこうじま》あたりに馬山《まやま》才之助という、つまらない名前の男が住んでいた。ひどく貧乏である。三十二歳、独身である。菊《きく》の花が好きであった。佳《よ》い菊の苗が、どこかに在《あ》ると聞けば、どのような無理算段をしても、必ず之《これ》を買い求めた。千里をはばからず、と記されてあるから相当のものである事がわかる。初秋のころ、伊豆の沼津《ぬまづ》あたりに佳い苗があるということを聞いて、たちまち旅装をととのえ、顔色を変えて発足した。箱根の山を越え、沼津に到り、四方八方捜《さが》しまわり、やっと一つ、二つの美事な苗を手に入れる事が出来、そいつを宝物《たからもの》のように大事に油紙に包んで、にやりと笑って帰途についた。ふたたび箱根の山を越え、小田原《おだわら》のまちが眼下に展開して来た頃《ころ》に、ぱかぱかと背後に馬蹄《ばてい》の音が聞えた。ゆるい足並《あしなみ》で、その馬蹄の音が、いつまでも自分と同じ間隔を保ったままで、それ以上ちかく迫るでもなし、また遠のきもせず、変らずぱかぱか附いて来る。才之助は、菊の良種を得た事で、有頂天《うちょうてん》なのだから、そんな馬の足音なぞは気にしない。けれども、小田原を過ぎ二里行き、三里行き、四里行っても、相変らず同じ間隔で、ぱかぱかと馬蹄の音が附いて来る。才之助も、はじめて少し変だと気が附いて、振りかえって見ると、美しい少年が奇妙に痩《や》せた馬に乗り、自分から十間《けん》と離れていないところを歩いている。才之助の顔を見て、にっと笑ったようである。知らぬふりをしているのも悪いと思って、才之助も、ちょっと立ちどまって笑い返した。少年は、近寄って馬から下り、

「いいお天気ですね。」と言った。

「いいお天気です。」才之助も賛成した。

少年は馬をひいて、そろそろ歩き出した。才之助も、少年と肩をならべて歩いた。よく見ると少年は、武家の育ちでも無いようであるが、それでも人品は、どこやら典雅で服装も小ざっぱりしている。物腰が、鷹揚《おうよう》である。

「江戸へ、おいでになりますか。」と、ひどく馴《な》れ馴《な》れしい口調で問いかけて来るので、才之助もそれにつられて気をゆるし、

「はい、江戸へ帰ります。」

「江戸のおかたですね。どちらからのお帰りですか。」旅の話は、きまっている。それからそれと問い答え、ついに才之助は、こんどの旅行の目的全部を語って聞かせた。少年は急に目を輝かせて、

「そうですか。菊がお好きとは、たのもしい事です。菊に就《つ》いては、私にも、いささか心得があります。菊は苗の良し悪しよりも、手当の仕方ですよ。」と言って、自分の栽培の仕方を少し語った。菊気違いの才之助は、たちまち熱中して、

「そうですかね。私は、やっぱり苗が良くなくちゃいけないと思っているんですが。たとえば、ですね、――」と、かねて抱懐《ほうかい》している該博《がいはく》なる菊の知識を披露《ひろう》しはじめた。

少年は、あらわに反対はしなかったが、でも、時々さしはさむ簡単な疑問の呟《つぶや》きの底には、並々ならぬ深い経験が感取せられるので、才之助は、躍起《やっき》になって言えば言うほど、自信を失い、はては泣き声になり、

「もう、私は何も言いません。理論なんて、ばからしいですよ。実際、私の家の菊の苗を、お見せするより他はありません。」

「それは、そうです。」少年は落ちついて首肯《うなず》いた。才之助は、やり切れない思いである。何とかして、この少年に、自分の庭の菊を見せてやって、あっと言わせてやりたく、むずむず身悶《みもだ》えしていた。

「それじゃ、どうです。」才之助は、もはや思慮分別を失っていた。「これから、まっすぐに、江戸の私の家まで一緒にいらして下さいませんか。ひとめでいいから、私の菊を見てもらいたいものです。ぜひ、そうしていただきたい。」

少年は笑って、

「私たちは、そんなのんきな身分ではありません。これから江戸へ出て、つとめ口を捜さなければいけません。」

「そんな事は、なんでもない。」才之助は、すでに*騎虎《きこ》の勢いである。「まず私の家へいらして、ゆっくり休んで、それからお捜しになったっておそくは無い。とにかく私の

家の菊を、いちど御覧《ごらん》にならなくちゃいけません。」

「これは、たいへんな事になりました。」少年も、もはや笑わず、まじめな顔をして考え込んだ。しばらく黙って歩いてから、ふっと顔を挙げ、「実は、私たち沼津の者で、私の名前は、陶本《とうもと》三郎と申しますが、早くから父母を失い、姉と二人きりで暮していました。このごろになって急に姉が、沼津をいやがりまして、どうしても江戸へ出たいと言いますので、私たちは身のまわりのものを一さい整理して、ただいま江戸へ上る途中なのです。江戸へ出たところで、何の目当もございませんし、思えば心細い旅なのです。のんきに菊の花など議論している場合じゃ無かったのでした。私も菊の花は、いやでないものですから、つい、余計のおしゃべりをしてしまいました。もう、よしましょう。どうか、あなたも忘れて下さい。これで、おわかれ致します。考えてみると、いまの私たちは、菊の花どころでは無かったのです。」と淋しそうな口調で言って目礼し、傍の馬に乗ろうとしたが、才之助は固く少年の袖《そで》をとらえて、

「待ち給え。そんな事なら、なおさら私の家へ来てもらわなくちゃいかん。くよくよし給うな。私だって、ひどく貧乏だが、君たちを世話する事ぐらいは出来るつもりです。まあ、いいから私に任せて下さい。姉さんも一緒だとおっしゃったが、どこにいるんです。」

見渡すと、先刻気附かなかったが、痩馬の蔭に、ちらと赤い旅装の娘のいるのが、わ

かった。才之助は、顔をあからめた。

才之助の熱心な申し入れを拒否しかねて、姉と弟は、とうとうかれの向島の*陋屋《ろうおく》に一まず世話になる事になった。来てみると、才之助の家は、かれの話以上に貧しく荒れはてているので、姉弟は、互いに顔を見合せて溜息《ためいき》をついた。才之助は、一向《いっこう》平気で、旅装もほどかず何よりも先に、自分の菊畑に案内し、いろいろ自慢して、それから菊畑の中の納屋《なや》を姉弟たちの当分の住居として指定してやったのである。かれの寝起きしている母屋《おもや》は汚くて、それこそ足の踏み場も無いほど頽廃《たいはい》していて、むしろ此《こ》の納屋のほうが、ずっと住みよいくらいなのである。

「姉さん、これあいけない。とんだ人のところに世話になっちゃったね。」陶本の弟は、その納屋で旅装を解きながら、姉に小声で囁《ささや》いた。

「ええ、」姉は微笑して、「でも、のんきでかえっていいわ。庭も広いようだし、これからお前が、せいぜい佳い菊を植えてあげて、御恩報じをしたらいいのよ。」

「おやおや、姉さんは、こんなところに、ずっと永《なが》く居るつもりなのですか?」

「そうよ。私は、ここが気に入ったわ。」と言って顔を赤くした。姉は、二十歳くらいで、色が溶けるほど白く、姿もすらりとしていた。

その翌朝、才之助と陶本の弟とは、もう議論をはじめていた。姉弟たちが代る代る乗って、ここまで連れて来たあの老いた痩馬がいなくなっているのである。ゆうべたしかに菊畑の隅に、つないで置いた筈《はず》なのに、けさ、才之助が起きて、まず菊の様子を見に畑へ出たら、馬はいない。しかも、畑を大いに走り廻ったらしく、菊は食い荒され、痛めつけられ、さんざんである。才之助は仰天《ぎょうてん》して、納屋の戸を叩《たた》いた。弟が、すぐに出て来た。

「どうなさいました。何か御用ですか。」

「見て下さい。あなたたちの痩馬が、私の畑を滅茶滅茶《めちゃめちゃ》にしてしまいました。私は、死にたいくらいです。」

「なるほど。」少年は、落ちついていた。「それで？　馬は、どうしました。」

「馬なんか、どうだっていい。逃げちゃったんでしょう。」

「それは惜しい。」

「何を、おっしゃる。あんな痩馬。」

「痩馬とは、ひどい。あれは、利巧《りこう》な馬です。すぐ様《さま》さがしに行って来ましょう。こんな菊畑なんか、どうでもいい。」

「なんですって？」才之助は、蒼《あお》くなって叫んだ。「君は、私の菊畑を侮蔑《ぶべつ》するのですか？」

姉が、納屋から、幽《かす》かに笑いながら出て来た。

「三郎や、あやまりなさい。あんな痩馬は、惜しくありません。私が、逃がしてやったのです。それよりも、この荒らされた菊畑を、すぐに手入れしておあげなさいよ。御恩報じの、いい機会じゃないの。」

「なあんだ。」三郎は、深い溜息をついて、小声で呟いた。「そんなつもりだったのかい。」

弟は、渋々、菊畑の手入れに取りかかった。見ていると、葉を喰いちぎられ、打ち倒され、もはや枯死しかけている菊も、三郎の手に依《よ》って植え直されると、颯《さ》っと生気を恢復《かいふく》し、茎はたっぷりと水分を含み、花の蕾《つぼみ》は重く柔かに、しおれた葉さえ徐々にその静脈に波打たせて伸腰する。才之助は、ひそかに舌を捲《ま》いた。けれども、かれとても菊作りの志士である。プライドがあるのだ。どてらの襟《えり》を搔《か》き合《あわ》せ、努めて冷然と、

「まあ、いいようにして置いて下さい。」と言い放って母屋へ引き上げ、蒲団《ふとん》かぶって寝てしまったが、すぐに起き上り、雨戸の隙間《すきま》から、そっと畑を覗《のぞ》いてみた。菊は、やはり凜乎《*りんこ》と生き返っていた。

その夜、陶本三郎が、笑いながら母屋へやって来て、

「どうも、けさほどは失礼いたしました。ところで、どうです。いまも姉と話合った

事でしたが、お見受けしたところ、失礼ながら、あまり楽なお暮しでもないようですし、私に半分でも畑をお貸し下されば、いい菊を作って差し上げましょうから、それを浅草あたりへ持ち出してお売りになったら、よろしいではありませんか。ひとつ、大いに佳い菊を作って差し上げたいと思います。」

才之助は、けさは少なからず、菊作りとしての自尊心を傷つけられている事とて、不《ふ》機《き》嫌《げん》であった。

「お断り申す。君も、卑劣《ひれつ》な男だねえ。」と、ここぞとばかり口をゆがめて軽蔑《けいべつ》した。「私は、君を、風流な高士《こうし》＊だとばかり思っていたが、いや、これは案外だ。おのれの愛する花を売って米塩の資を得る等とは、もっての他です。菊を凌辱《りょうじょく》するとは、この事です。おのれの高い趣味を、金銭に換えるなぞとは、ああ、けがらわしい、お断り申す。」と、まるで、さむらいのような口調で言った。

三郎も、むっとした様子で、語調を変えて、

「天から貰《もら》った自分の実力で米塩の資を得る事は、必ずしも富をむさぼる悪業では無いと思います。俗といって軽蔑するのは、間違いです。お坊ちゃんの言う事です。いい気なものです。人は、むやみに金を欲しがってもいけないが、けれども、やたらに貧乏を誇るのも、いやみな事です。」

「私は、いつ貧乏を誇りました。私には、祖先からの多少の遺産もあるのです。自分ひとりの生活には、それで充分なのです。これ以上の富は望みません。よけいな、おせっかいは、やめて下さい。」

またもや、議論になってしまった。

「それは、*狷介《けんかい》というものです。」

「狷介、結構です。お坊ちゃんでも、かまいません。私は、私の菊と喜怒哀楽を共にして生きて行くだけです。」

「それは、わかりました。」三郎は、苦笑して首肯《うなず》いた。「ところで、どうでしょう。あの納屋の裏のほうに、十坪ばかりの空地がありますが、あれだけでも、私たちに、しばらく拝借ねがえないでしょうか。」

「私は物惜しみをする男ではありません。納屋の裏の空地だけでは不足でしょう。私の菊畑の半分は、まだ何も植えていませんから、その半分もお貸し致しましょう。ご自由にお使い下さい。なお断って置きますが、私は、菊を作って売ろう等という下心のある人たちとは、おつき合い致しかねますから、きょうからは、他人と思っていただきます。」

「承知いたしました。」三郎は大いに閉口の様子である。「お言葉に甘えて、それでは畑も半分だけお借りしましょう。なお、あの納屋の裏に、菊の屑《くず》の苗が、たくさん捨てられて在りますけれど、あれも頂戴《ちょうだい》いたします。」

「そんなつまらぬ事を、いちいちおっしゃらなくてもよろしい。」

不和のままで、わかれた。その翌《あく》る日、才之助は、さっさと畑を二つにわけて、その境界に高い生垣《いけがき》を作り、お互いに見えないようにしてしまった。両家は、絶交したのである。

やがて、秋たけなわの頃《ころ》、才之助の畑の菊も、すべて美事な花を開いたが、どうも、お隣りの畑のほうが気になって、或《あ》る日、そっと覗《のぞ》いてみると、驚いた。いままで見た事もないような大きな花が畑一めんに、咲き揃っている。納屋も小綺麗《こぎれい》に修理されていて、さも居心地《いごこち》よさそうなしゃれた構えの家になっている。才之助は、心中おだやかでなかった。菊の花は、あきらかに才之助の負けである。しかも*瀟洒《しょうしゃ》な家さえ建てている。きっと菊を売って、大いにお金をもうけたのにちがいない。けしからぬ。こらしめてやろうと、義憤《ぎふん》やら嫉妬《しっと》やら、さまざまの感情が怪《あや》しくごたごた胸をゆすぶり、いたたまらなくなって、ついに生垣を乗り越え、お隣りの庭に闖入《ちんにゅう》してしまったのである。花一つ一つを、見れば見るほど、よく出来ている。花弁の肉も厚く、力強く伸び、精一ぱいに開いて、花輪は、ぷりぷり震《ふる》えているほどで、いのち限りに咲いているのだ。なお注意して見ると、それは皆、自分が納屋の裏に捨てた、あの屑の苗から咲いた花なのである。

「ううむ。」と思わず唸《うな》ってしまった時、

「いらっしゃい。お待ちしていました。」と背後から声をかけられ、へどもどして振り向くと、陶本の弟が、にこにこ笑いながら立っている。

「負けました。」才之助は、やけくそに似た大きい声で言った。「私は潔《いさぎ》よい男ですからね、負けた時には、はっきり、負けたと申し上げます。どうか、君の弟子《でし》にして下さい。これまでの行きがかりは、さらりと、」と言って自分の胸を撫《な》で下《お》ろして見せて、「さらりと水に流す事に致しましょう。けれども、――」

「いや、そのさきは、おっしゃらないで下さい。私は、あなたのような潔癖《けっぺき》の精神は持っていませんので、御推察のとおり、菊を少しずつ売って居《お》ります。けれども、どうか軽蔑なさらないで下さい。姉も、いつもその事を気にかけて居ります。私たちだって、精一ぱいなのです。私たちには、あなたのように、父祖の遺産というものもございませんし、ほんとうに、菊でも売らなければ、のたれ死にするばかりなのです。どうか、お見逃し下さって、これを機会に、またおつき合いを願います。」と言って、うなだれている三郎の姿を見ると、才之助も哀れになって来て、

「いや、いや、そう言われると痛み入ります。私だって、何も、君たち姉弟《きょうだい》を嫌って

いるわけではないのです。殊《こと》に、これからは君を菊の先生として、いろいろ教えてもらおうと思っているのですから、どうか、私こそ、よろしくお願い致します。」と神妙に言って一礼した。

一たんは和解成って、間の生垣も取り払われ、両家の往来がはじまったのであるが、どうも、時々は議論が起る。

「君の菊の花の作り方には、なんだか秘密があるようだ。」

「そんな事は、ありません。私は、これまで全部あなたにお伝えした筈《はず》です。あとは、指先の神秘です。それは、私にとっても無意識なもので、なんと言ってお伝えしたらいいのか、私にもわかりません。つまり、才能というものなのかも知れません。」

「それじゃ、君は天才で、私は鈍才だというわけだね。いくら教えても、だめだというわけだね。」

「そんな事を、おっしゃっては困ります。或《あ》るいは、私の菊作りは、いのちがけで、之《これ》を美事に作って売らなければ、ごはんをいただく事が出来ないのだという、そんなせっぱつまった気持で作るから、花も大きくなるのではないかとも思われます。あなたのように、趣味でお作りになる方《かた》は、やはり好奇心や、自負心の満足だけなのですから。」

「そうですか。私にも菊を売れと言うのですね。君は、私にそんな卑《いや》しい事をすすめて、恥ずかしくないかね。」

「いいえ、そんな事を言っているのではありません。あなたは、どうして、そうなんでしょう。」

どうも、しっくり行かなかった。陶本の家は、いよいよ富んで行くばかりの様であった。その翌《あく》る年の正月には、才之助に一言の相談もせず、大工を呼んでいきなり大邸宅の建築に取りかかった。その邸宅の一端は、才之助の茅屋《ぼうおく》の一端に、ほとんど密着するくらいであった。才之助は、再び隣家と絶交しようと思いはじめた。或《あ》る日、三郎が真面目《まじめ》な顔をしてやって来て、

「姉さんと結婚して下さい。」と思いつめたような口調で言った。

才之助は、頰を赤らめた。はじめ、ちらと見た時から、あの柔かな清らかさを忘れかねていたのである。けれども、やはり男の意地で、へんな議論をはじめてしまった。

「私には結納《ゆいのう》のお金も無いし、妻を迎える資格がありません。君たちは、このごろ、お金持ちになったようだからねえ。」と、かえって厭味《いやみ》を言った。

「いいえ、みんな、あなたのものです。姉は、はじめから、そのつもりでいたのです。結納なんてものも要《い》りません。あなたが、このまま、私の家へおいで下されたら、それでいいのです。姉は、あなたを、お慕い申して居ります。」

才之助は、狼狽《ろうばい》を押し隠して、

「いや、そんな事は、どうでもいい。私には私の家があります。入《い》り婿《むこ》は、まっぴらです。私も正直に言いますが、君の姉さんを嫌いではありません。はははは、」と豪傑《ごうけつ》らしく笑って見せて、「けれども、入《い》り婿《むこ》は、男子として最も恥ずべき事です。お断り致します。帰って姉さんに、そう言いなさい。清貧が、いやでなかったら、いらっしゃい、と。」

喧嘩《けんか》わかれになってしまった。けれどもその夜、才之助の汚い寝所に、ひらりと風に乗って白い柔い蝶《ちょう》が忍び入った。

「清貧は、いやじゃないわ。」と言って、くつくつ笑った。娘の名は、黄英《きえ》といった。しばらく二人で、茅屋に住んでいたが、黄英は、やがてその茅屋の壁に穴をあけ、それに密着している陶本の家の壁にも同様に穴を穿《うが》ち、自由に両家が交通できるようにしてしまった。そうして自分の家から、あれこれと必要な道具を、才之助の家に持ち運んで来るのである。才之助には、それが気になってならなかった。

「困るね。この火鉢《ひばち》だって、この花瓶《かびん》だって、みんなお前の家のものじゃないか。女房の持ち物を、亭主が使うのは、実に面目ない事なのだ。こんなものは、持って来ないようにしてくれ。」と言って叱《しか》りつけても、黄英は笑っているばかりで、やはり、ちょいちょい持ち運んで来る。清廉《*せいれん》の士を以《もっ》て任じている才之助は、大きい帳面を作り、左の品々一時お預り申候《もうしそうろう》と書いて、黄英の運んで来る道具をいちいち記入して置く事にした。けれども今は、身のまわりの物すべて、黄英の道具である。いちいち記入して行くならば、帳面が何冊あっても足りないくらいであった。才之助は絶望した。

「お前のおかげで、私もとうとう髪結《*かみゆ》いの亭主みたいになってしまった。女房のおかげで、家が豊かになるという事は男子として最大の不名誉なのだ。私の三十年の清貧も、お前たちの為《ため》に滅茶滅茶にされてしまった。」と或る夜、しみじみ愚痴《ぐち》をこぼした。黄英も、流石《さすが》に淋しそうな顔になって、

「私が悪かったのかも知れません。私は、ただ、あなたの御情にお報いしたくて、いろいろ心をくだいて今まで取計《とりはから》って来たのですが、あなたが、それほど深く清貧に志して居られるとは存じ寄りませんでした。では、この家の道具も、私の新築の家も、みんなすぐ売り払うようにしましょう。そのお金を、あなたがお好きなように使ってしまって下さい。」

「ばかな事を言っては、いけない。私ともあろうものが、そんな不浄なお金を受け取ると思うか。」

「では、どうしたら、いいのでしょう。」黄英は、泣声になって、「三郎だって、あな

たに御恩報じをしようと思って、毎日、菊作りに精出して、ほうぼうのお屋敷にせっせと苗をおとどけしてはお金をもうけているのです。どうしたら、いいのでしょう。あなたと私たちとは、まるで考えかたが、あべこべなんですもの。」

「わかれるより他は無い。」才之助は、言葉の行きがかりから、更《さら》に更に立派な事を言わなければならなくなって、心にもないつらい宣言をしたのである。「清い者は清く、濁れる者は濁ったままで暮して行くより他は無い。私には、人にかれこれ命令する権利は無い。私がこの家を出て行きましょう。あしたから、私はあの庭の隅に小屋を作って、そこで清貧を楽しみながら寝起きする事に致します。」ばかな事になってしまった。けれども男子は一度言い出したからには、のっぴきならず、翌る朝さっそく庭の隅に一坪ほどの掛小屋を作って、そこに引きこもり、寒さに震えながら正座していた。けれども、二晩そこで清貧を楽しんでいたら、どうにも寒くて、たまらなくなって来た。三晩目には、とうとう我が家の雨戸を軽く叩いたのである。雨戸が細くあいて、黄英の白い笑顔があらわれ、

「あなたの潔癖も、あてになりませんわね。」

才之助は、深く恥じた。それからは、ちっとも剛情《ごうじょう》を言わなくなった。*墨堤《ぼくてい》の桜が咲きはじめる頃になって、陶本の家の建築は全く成り、そうして才之助の家と、ぴったり

密着して、もう両家の区別がわからないようになった。才之助は、いまはそんな事には少しも口出しせず、すべて黄英と三郎に任せ、自分は近所の者と将棋《しょうぎ》ばかりさしていた。一日、一家三人、墨堤の桜を見に出かけた。ほどよいところに重箱《じゅうばこ》をひろげ、才之助は持参の酒を飲みはじめ、三郎にもすすめた。姉は、三郎に飲んではいけないと目で知らせたが、三郎は平気で杯を受けた。

「姉さん、もう私は酒を飲んでもいいのだよ。家にお金も、たくさんたまったし、私がいなくなっても、もう姉さんたちは一生あそんで暮せるでしょう。菊を作るのにも、厭《あ》きちゃった。」と妙な事を言って、やたらに酒を飲むのである。やがて酔いつぶれて、寝ころんだ。みるみる三郎のからだは溶けて、煙となり、あとには着物と草履《ぞうり》だけが残った。才之助は驚愕《きょうがく》して、着物を抱き上げたら、その下の土に、水々しい菊の苗が一本生えていた。はじめて、陶本姉弟が、人間でない事を知った。けれども、才之助は、いままでは全く姉弟の才能と愛情に敬服していたのだから、嫌厭《けんえん》の情は起らなかった。哀《かな》しい菊の精の黄英を、いよいよ深く愛したのである。かの三郎の菊の苗は、わが庭に移し植えられ、秋にいたって花を開いたが、その花は薄紅色で幽かにぽっと上気して、嗅《か》いでみると酒の匂《にお》いがした。黄英のからだに就《つ》いては、「*亦《また》他《た》異《い》無し。」と原文に書かれてある。つまり、いつまでもふつうの女体のままであったのである。

千代女

女は、やっぱり、駄目《だめ》なものなのね。女のうちでも、私という女ひとりが、だめなのかも知れませんけれども、つくづく私は、自分を駄目だと思います。そう言いながらも、また、心の隅で、それでもどこか一ついいところがあるのだと、自分をたのみにしている頑固《がんこ》なものが、根づよく黒く、わだかまって居るような気がして、いよいよ自分が、わからなくなります。私は、いま、自分の頭に銹《さ》びた鍋《なべ》でも被《かぶ》っているような、とっても重くるしい、やり切れないものを感じて居《お》ります。私は、きっと、頭が悪いのです。本当に、頭が悪いのです。もう、来年は、十九です。私は、子供ではありません。

十二の時に、柏木《かしわぎ》の叔父《おじ》さんが、私の綴方《*つづりかた》を「青い鳥」に投書して下さって、それが一等に当選し、選者の偉い先生が、恐ろしいくらいに褒《ほ》めて下さって、それから私は、駄目になりました。あの時の綴方は、恥ずかしい。あんなのが、本当に、いいのでしょうか。どこが、いったい、よかったのでしょう。「お使い」という題の綴方でしたけれど、私がお父さんのお使いで、バット*を買いに行った時の、ほんのちょっとした事を書いたのでした。煙草屋《たばこや》のおばさんから、バットを五つ受取って、緑のいろばかりで淋しいから、一つお返しして、朱色の箱の煙草と換えてもらったら、お金が足りなくなって困った。おばさんが笑って、あとでまた、と言って下さったので嬉しかった。緑の箱の上に、朱色の箱を一つ重ねて、手のひらに載《の》せると、桜草《さくらそう》のように綺麗《きれい》なので、私は胸がどきどきして、とても歩きにくかった、というような事を書いたのでしたが、何だか、あまり子供っぽく、甘えすぎていますから、私は、いま考えると、いらいらします。また、そのすぐ次に、やっぱり柏木の叔父さんにすすめられて、「春日町《かすがちょう》」という綴方を投書したところが、こんどは投書欄では無しに、雑誌の一ばんはじめのペエジに、大きな活字で掲載せられて居りました。その、「春日町」という綴方は、池袋の叔母《おば》さんが、こんど練馬《ねりま》の春日町へお引越しになって、庭も広いし、是非いちど遊びにいらっしゃいと言われて私は、六月の第一日曜に、駒込駅《こまごめえき》から省線《しょうせん》に乗って、池袋駅で東上線《とうじょうせん》に乗り換え、練馬駅で下車しましたが、見渡す限り畑ばかりで、春日町は、どの辺か見当が附かず、野良《のら》の人に聞いてもそんなところは知らん、というので私は泣きたくなりました。暑い日でした。リヤカアに、サイダアの空瓶《あきびん》を一ぱい積んで曳《ひ》いて歩いている四十くらいの男のひとに、最後に、おたずねしたら、そのひとは淋しそうに笑って、立ちどまり、だくだく流れる顔の汗を鼠《ねずみ》いろに汚れているタオルで拭《ふ》きながら、春日町、春日町、と何度も呟《つぶや》いて考えて下さいました。それから、こう言いました。春日町は、たいへん遠いてす。そこの練馬駅から東上線で池袋へ行き、そこで省線に乗り換え、新宿駅へ着いたら、東京行の省線に乗り換え、水道橋というところで降りて、とたいへん遠い路《みち》のりを、不自由な日本語で一生懸命《いっしょうけんめい》に説明して下さいましたが、どうやらそれは、本郷の春日町に行く順路なのでありました。お話を聞いて、そのおかたが朝鮮のおかたであるということも、私にはすぐにわかりましたが、それゆえいっそう私には有《あり》がたくて、胸が一ぱいになったのでした。日本のひとは、知っていても、面倒なので、知らんと言っているのに、朝鮮の此《こ》のおかたは、知らなくても、なんとかして私に教えて下さろうとして汗をだらだら流して一生懸命におっしゃるのです。私は、おじさん、ありがとうと言いました。そうして、おじさんの教えて下さったとおりに、練馬駅に行き、また東上線に乗って、うちへ帰ってしまいました。よっぽど、本郷の春日町まで行こうかしらと思いました。うちへ帰ってから、なんだか悲しく具合いのわるい感じでした。私はその事を正直に書いたのです。すると、それが雑誌の一ばんはじめのペエジに大きい活字で印刷されて、たいへんな事になりました。私の家は、滝野川の中里町《なかざとちょう》にあります。父は東京の人ですが、母は伊勢の生《うま》れであります。父は、私立大学の英語の教師をしています。

私には、兄も姉もありません。からだの弱い弟がひとりあるきりです。弟は、ことし市立の中学へはいりました。私は、私の家庭を決してきらいでは無いのですが、それでも淋しくてなりません。以前はよかった。本当に、よかった。父にも母にも、思うぞんぶんに甘えて、おどけたことばかり言い、家中を笑わせて居りました。弟にも優しくしてあげて、私はよい姉さんでありました。それが、あの、「青い鳥」に綴方を掲載せられてからは、急に臆病な、いやな子になりました。母と、口喧嘩《くちげんか》をするようにさえなりました。「春日町」が、雑誌に載《の》った時には、その同じ雑誌には、*選者の岩見先生が、私の綴方の二倍も三倍も長い感想文を書いて下さって、私はそれを読んで淋しい気持になりました。先生が、私にだまされているのだ、と思いました。岩見先生のほうが、私よりも、ずっと心の美しい、単純なおかただと思いました。それから、また学校では、受持の沢田先生が、綴方のお時間にあの雑誌を教室に持って来て、私の「春日町」の全文を、黒板に書き写し、ひどく興奮なされて、一時間、叱《しか》り飛《と》ばすような声で私を、ほめて下さいました。私は息がくるしくなって、眼のさきがもやもや暗く、自分のからだが石になって行くような、おそろしい気持が致しました。こんなに、ほめられても、私にはその値打が無いのがわかっていましたから、この後、下手な綴方を書いて、みんなに笑われたら、どんなに恥ずかしく、つらい事だろうと、その事ばかりが心配で、生きている気もしませんでした。また沢田先生だって、本当に私の綴方に感心なさっているのではなく、私の綴方が雑誌に大きい活字で印刷され、有名な岩見先生に褒《ほ》められているので、それで、あんなに興奮していらっしゃるのだろうという事は、子供心にも、たいてい察しが附いて居りましたから、なおのこと淋しく、たまらない気持でした。私の心配は、その後、はたして全部、事実となってあらわれました。くるしい、恥ずかしい事ばかり起りました。学校のお友達は、急に私によそよそしくなって、それまで一ばん仲の良かった安藤さんさえ、私を＊一葉《いちよう》さんだの、紫式部《むらさきしきぶ》さまだのと意地のわるい、あざけるような口調で呼んで、ついと私から逃げて行き、それまであんなにきらっていた奈良さんや今井さんのグルウプに飛び込んで、遠くから私のほうをちらちら見ては何やら囁《ささや》き合《あ》い、そのうちに、わあいと、みんな一緒に声を合せて、げびた囃《はや》しかたを致します。私は、もう一生、綴方を書くまいと思いました。柏木の叔父さんにおだてられて、うっかり投書したのが、いけなかったのでした。柏木の叔父さんは、母の弟です。淀橋《よどばし》の区役所に勤めていて、ことしは三十四だか五だかになって、赤ちゃんも去年生れたのに、まだ若い者のつもりで、時々お酒を飲みすぎて、しくじりをする事もあるようです。来る度毎《たびごと》に、母から少しずつお金をもらって帰るようです。大学へはいった頃《ころ》には、小説家になるつもりで勉強して、先輩のひとたちにも期待されていたのに、わるい友達がいた為《ため》に、いけなくなって大学も中途でよしてしまったのだ、と母から聞かされた事があります。日本の小説でも、外国の小説でも、ずいぶんたくさん読んでいるようでありま す。七年前に、私の下手な綴方を無理矢理、「青い鳥」に投書させたのも、此《こ》の叔父さんですし、それから七年間、何かにつけて私をいじめているのも、此の叔父さんでありま す。私は小説を、きらいだったのです。いまはまた違うようになりましたが、その頃は、私のたわいも無い綴方が、雑誌に二度も続けて掲載せられて、お友達には意地悪くされるし、受持の先生には特殊な扱いをされて重苦しく、本当に綴方がいやになって、それからは柏木の叔父さんから、どんなに巧《うま》くおだてられても、決して投書しようとはしませんでした。あまり、しつこくすすめられると、私は大声で泣いてやりました。学校の綴方のお時間にも、私は、一字も一行《いちぎょう》も書かず綴方のお帳面に、まるだの三角だの、あねさまの顔だのを書いていました。沢田先生は、私を教員室にお呼びになって、慢心《まんしん》してはいけない、自重せよ、と言ってお叱りになりました。私は、くやしく思いました。けれども、まもなく小学校を卒業してしまいましたので、そのような苦しさからは、どうやら、のがれる事が出来たのでした。お茶の水の女学校*に通うようになってからは、クラスの中で、私のつまらない綴方の、当選などを知っていたかたは、ひとりも居りませんでしたので、私は、ほっとしたのです。作文のお時間にも、私は気楽に書いて、普通のお点をもらっていました。けれども、柏木の叔父さんだけは、いつまでも、うるさく私を、からかうのです。うちへいらっしゃる度毎《たびごと》に、三四冊の小説の御本を持って来て下さって、読め、読めと言うのです。読んでみても、私には、むずかしくて、よくわかりませんでしたので、たいてい、読んだ振りして叔父さんに返してしまいました。私が女学校の三年生になった時、突然、「青い鳥」の選者の岩見先生から、私の父に長いお手紙がまいりました。惜しい才能と思われるから、とか何とか、恥ずかしくて、とても私には言えませんけれども、なんだか、ひどく私を褒めて、このまま埋《うも》らせてしまうのは残念だ、もう少し書かせてみないか、発表の雑誌の世話をしてあげる、というような事を、もったいない叮嚀《ていねい》なお言葉で、まじめにおっしゃっているのでした。父が、私にそのお手紙を、だまって渡して下さったのです。私はそのお手紙を読ませていただき、岩見先生というお方《かた》は本当に、厳粛《げんしゅく》な、よい先生だとは思いましたが、その裏には叔父さんのおせっかいがあったのだという事も、そのお手紙の文面で、はっきりわかるのでした。叔父さんは、きっと何か小細工《こざいく》をして岩見先生に近づき、こんなお手紙を私の父にお書き下さるようにさまざま計略したのです。それに違いないのです。「叔父さんが、おたのみになったのよ。それにきまっているわ。叔父さんは、どうしてこんな、こわい事をなさるのでしょう。」と泣きたい気持で、父の顔を見上げたら、父も、それはちゃんと見抜いていらっしゃった様子で、小さく首肯《うなず》き、「柏木の弟も、わるい気でやっているのではないだろうが、こちらでは岩見さんへ、なんと挨拶したものか困ってしまう。」と不機嫌《ふきげん》そうにおっしゃいました。父は前から、柏木の叔父さんを、あんまり好いてはいなかったようでした。私が綴方に当選した時なども、母や叔父さんは大へんな喜びかたでありましたけれども、父だけは、こんな刺激の強い事をさせてはいけないとか言って、叔父さんをお叱りになったそうで、あとで母が私に不満そうに言い聞かせてくれました。母は、叔父さんの事をいつも悪く言っていますが、その癖《くせ》、父が叔父さんの事を一言でも悪く言うと、たいへん怒るのです。母は優しく、にぎやかな、いい人ですが、叔父さんの事になると、時々、父と言い争いを致します。叔父さんは、私の家の悪魔です。岩見先生から、叮嚀なお手紙をもらってから、二三日後に父と母は、とうとう、ひどい言い争いを致しました。夕ごはんの時、父は、「岩見さんが、あんなに誠意を以《もっ》て言って下さっているのだし、こちらでも失礼にならないように、私が和子を連れて行って、よく和子の気持も説明して、おわびして来なければならないと思う。手紙だけでは、誤解も生じて、お気をわるくなさる事があったりすると困るから。」とおっしゃったところが、母は伏目になって、ちょっと考えて、「弟が、わるいのです。本当に皆さんに御手数をおかけします。」と言って、顔を挙げ、ひょいと右手の小指でおくれ毛を掻《か》き上《あ》げてから、「私たちは馬鹿《ばか》のせいか、和子がそんなに有名な先生から褒められると、なんだか此《こ》の後もよろしくとお願いしたい気が起って来るのです。伸びるものなら、伸ばしてやりたい気がします。いつも、あなたに叱られるのですけど、あなたも少し、頑固すぎやしませんか。」と早口で言って、薄く笑いました。父は、お箸《はし》を休めて、「伸ばしてみたって、どうにもなりません。女の子の文才なんて、たかの知れたものです。一時の、もの珍らしさから騒がれ、そうして一生を台無しにされるだけの事です。和子だって、こわがっているのです。女の子は、平凡に嫁《とつ》いで、いいお母さんになるのが一ばん立派な生きかたです。お前たちは、和子を利用して、てんでの虚栄心や功名心を満足させようとしているのです。」と教えるような口調で言いました。母は、父のおっしゃる言葉をちっとも聞こうとなさらず、腕を伸ばして私の傍の七輪《*しちりん》のお鍋を、どさんと下におろして、あちちと言って右手の親指と人さし指を唇《くちびる》に押し当て、「おう熱い、やけどしちゃった。でも、ねえ、弟だって、わるい気でしているのではないのですからねえ。」とそっぽを向いておっしゃいました。父は、こんどは、お茶碗《ちゃわん》とお箸を下に置いて、「なんど言ったらわかるのだ。お前たちは、和子を、食いものにしようとしているのだ。」と大きい声でおっしゃって、左手で眼鏡《めがね》を軽く抑え、それから続けて何か言いかけた時、母は、突然ひいと泣き出しました。前掛《まえかけ》で涙を拭きながら、父の給料の事やら、私たちの洋服代の事やら、いろいろとお金の事を、とても露骨に言い出しました。父は、顎《あご》をしゃくって私と弟に、あっちへ行けというような合図をなさいましたので、私は弟をうながして、勉強室へ引き上げましたが、茶の間のほうからは、それから一時間も、言い争いの声が聞えました。母は、普段は、とても気軽な、さっぱりしたひとなのですが、かっと興奮すると、聞いて居られないような極端な荒い事ばかりおっしゃるので、私は悲しくなります。翌《あく》る日、父は学校のおつとめの帰りに、岩見先生のお家へ、お礼とお詫《わ》びにあがったようでした。その朝、父は私にも一緒に行くようにすすめて下さったのですが、私は何だか、こわくて、下唇がぶるぶる震《ふる》えて、とてもお伺《うかが》いする元気が出なかったのです。父は、その晩、七時頃にお帰りになって、岩見さんは、まだお年もお若いのに、なかなか立派なお人だ、こちらの気持も充分にわかって下さって、かえって向うのほうから父にお詫びを言って、自分も本当は女のお子さんには、あまり文学をすすめたくないのだ、とおっしゃって、はっきり名前は言わなかったが、やはり柏木の叔父さんから再三たのまれて、やむなく父に手紙を書いた御様子であった、と父は、母と私に語って下さいました。私は、父の手を、つねりましたら、父は、眼鏡の奥で、そっと眼をつぶって笑って見せました。母は、何事も忘れたような、落ちついた態度で、父の言葉にいちいち首肯いて、別に、なんにも言いませんでした。

それから暫《しばら》くの間は、叔父さんもあまり姿を見せませんでしたし、おいでになっても、私にはへんによそよそしくなさって、すぐにお帰りになりました。私は、綴方の事は、きれいに忘れて、学校から帰ると、花壇の手入れ、お使い、台所のお手伝い、弟の家庭教師、お針、学課の勉強、お母さんに按摩《あんま》をしてあげたり、なかなかいそがしく、みんなの役にたって、張り合いのある日々を送りました。

あらしが、やって来ました。私が女学校四年生の時の事でしたが、お正月にひょっくり、小学校の沢田先生が、家へ年賀においでになって、父も母も、めずらしがるやら、なつかしがるやら、とても喜んでおもてなし致しましたが、沢田先生は、もうとっくに、小学校のほうはお止《よ》しになって、いまは、あちこちの、家庭教師をしながら、のんきに暮していらっしゃるというお話でありました。けれども、私の感じたところでは、失礼ながら、のんきそうには見えず、柏木の叔父さんと同じくらいのお年《とし》の筈《はず》なのに、どうしても四十過ぎの、いや、五十ちかくのお人の感じで、以前も、老けたお顔のおかたでありましたが、でも、この四、五年お逢《あ》いせずにいる間に、二十もお年《とし》をとられて疲れ切っているように見受けられました。笑うのにも力が無く、むりに笑おうとなさるので、頬に苦しい固い皺《しわ》が畳《たた》まれて、お気の毒というよりは、何だかいやしい感じさえ致しました。おつむは相変らず短く丸刈《まるがり》にして居られましたが、白髪《しらが》がめっきりふえていました。以前と違って、矢鱈《やたら》に私にお追従《ついしょう》ばかりおっしゃるので、私は、まごついて、それから苦しくなりました。きりょうが良いの、しとやかだのと、聞いて居られないくらいに見え透いたお世辞《せじ》をおっしゃって、まるで私が、先生の目上《めうえ》の者か何かみたいに馬鹿叮嚀な扱いをなさるのでした。父や母に向って、私の小学校時代の事を、それはいやらしいくらいに、くどくどと語り、私が折角《せっかく》いい案配《あんばい》に忘れていたあの綴方の事まで持ち出して、全く惜しい才能でした、あの頃は僕も、児童の綴方に就《つ》いては、あまり関心を持っていなかったし、綴方に依《よ》って童心を伸ばすという教育法も存じませんでしたが、いまは違います。児童の綴方に就いて、充分に研究も致しましたし、その教育法に於《お》いても自信があります。どうです、和子さん、僕の新しい指導のもとに、もう一度、文章の勉強をなさいませぬか、僕は、必ずや、などとずいぶんお酒に酔ってもいましたが、大袈裟《おおげさ》な事を片肘《かたひじ》張って言い出す仕末で、果ては、さあ僕と握手をしましょうと、しつこくおっしゃるので、父も母も、笑っていながら内心は、閉口していた様子でありました。けれども、その時、沢田先生が酔っておっしゃった事は、口から出まかせの冗談では無かったのです。それから十日ほど経ったら、また仔細《しさい》らしい顔つきをして、家へおいでになって、さて、それでは少しずつ、綴方の基本練習をはじめましょうね、とおっしゃったので、私は、まごついてしまいました。後でわかった事ですが、沢田先生は、小学校で生徒の受験勉強の事から、問題を起し、やめさせられ、それから、くらしが思うように行かず、昔の教え子の家を歴訪しては無理矢理、家庭教師みたいな形になりすまし、生活の方便にしていらっしゃったというような具合いなのでした。お正月においでになって、その後すぐに私の母へ、こっそりお手紙を寄こした様子で、私の文才とやらいうものを褒めちぎり、また、そのころ起った綴方の流行、天才少女とかの出現などを例に挙げて、母をそそのかし、母もまた以前から、私の綴方には未練があったものですから、それでは一週にいちどくらい家庭教師としておいで下さるようにと御返事して、父には、沢田先生のおくらしを、少しでもお助けするためです、と言い張って、父も、沢田先生は昔の和子の先生ですから、それはいけないとも言えなかった様子で、しぶしぶ沢田先生をお迎えするというような事情だったらしいのでございます。沢田先生は、土曜日毎《ごと》にお見えになり、私の勉強室でひそひそ、なんとも馬鹿らしい事ばかりおっしゃるので、私は、いやでなりませんでした。文章というものは、第一に、てにをはの使用を確実にしなければならぬ、等と当り前の事を、一大事のように繰り返し繰り返しおっしゃって、太郎は庭を遊ぶというのは、あやまり。太郎は庭へ遊ぶというのも、やっぱり、あやまり。太郎は庭にて遊ぶといわなければいけないのだそうで、私が、くすくす笑うと、とても、うらめしそうな目つきで、私の顔を穴のあくほど見つめて、ほうと溜息《ためいき》をつき、あなたには誠実が不足している、いかに才能が豊富でも、人間には誠実がなければ、何事に於《お》いても成功しない、あなたは*寺田まさ子という天才少女を知っていますか、あの人は、貧しい生れで、勉強したくても本一冊買えなかったほど、不自由な気の毒な身の上であった、けれども誠実だけはあった、先生の教えをよく守った、それゆえ、あれほどの名作を完成できたのです、教える先生にしても、どんなに張り合いのあった事でしょう、あなたに、もうすこし誠実というものがあったならば、僕だって、あなたを寺田まさ子さんくらいには仕上げて見せます、いや、あなたは環境にめぐまれてもいるし、もっと大きな文章家に仕上げる事が出来るのです、僕は、寺田まさ子さんの先生よりも或《あ》る点で進歩しているつもりです、それは徳育という点であります、あなたは、*ルソオという人を知っていますか、ジャン・ジャック・ルソオ、西暦千六百、いや、西暦千七百、千九百、笑いなさい、うんと笑いなさい、あなたは自分の才能にたよりすぎて、師を軽蔑《けいべつ》しているのです、むかし支那《しな》に*顔回《がんかい》という人物がありました、等といろんな事を言い出して一時間くらい経つと、けろりとして、また此《こ》の次の事にしましようと言って私の勉強室から出て行かれ、茶の間で母と世間話をなさって帰ります。小学校の時に、多少でもお世話になった先生の事を、とやかく申し上げるのは悪い事でございますが、本当に、沢田先生は、ぼけていらっしゃるとしか私には思えませんでした。

文章には描写が大切だ、描写が出来ていないと何を書いているのかわからない、等と、もっとも過ぎるような事を、小さい手帖《てちょう》を見ながら、おっしゃって、たとえば此《こ》の雪の降るさまを形容する場合、と言って手帖を胸のポケットにおさめ、窓の外で、こまかい雪が芝居のようにたくさん降っているさまを屹《き》っと見て、雪がざあざあ降るといっては、いけない。雪の感じが出ない。どしどし降る、これも、いけない。それでは、ひらひら降る、これはどうか。まだ足りない。さらさら、これは近い。だんだん、雪の感じに近くなって来た。これは、面白い、とひとりで首を振りながら感服なさって腕組みをし、しとしとは、どうか、それじゃ春雨の形容になってしまうか、やはり、さらさらに、とどめを刺すかな？　そうだ、さらさらひらひら、と続けるのも一興だ。さらさらひらひら、と低く呟いてその形容を味わい楽しむみたいに眼を細めていらっしゃる、かと思うと急に、いや、まだ足りない、ああ、雪は鵝毛《がもう》に似て飛んで散乱す、か。古い文章は、やっぱり確実だなあ、鵝毛とは、うまく言ったものですねえ、和子さん、おわかりになったでしょう？と、はじめて私の方へ向き直っておっしゃるのです。私は、なんだか先生が気の毒なやら、憎らしいやらで、泣きそうになりました。それでも三箇月間ほど我慢して、そんな侘《わ》びしい、出鱈目《でたらめ》の教育をつづけて受けて居りましたが、もう、なんとしても、沢田先生のお顔を見るのさえ、いやになって、とうとう父に洗いざらい申し上げ、沢田先生のおいでになるのをお断りして下さるようにお願い致しました。父は私の話を聞いて、それは意外だ、とおっしゃいました。父は、もともと、家庭教師を呼ぶ事には反対だったのですが、沢田先生のおくらしの一助という名目《めいもく》に負けて、おいでを願う事にしていたのであって、まさか、そんな無責任な綴方教育を授けているとは思いも寄らず、毎週いちど、少しは和子の学課の勉強の手伝いをして下さっているものとばかり思っていた様子でした。さっそく母と、ひどい言い争いになりました。茶の間の言い争いを、私は勉強室で聞きながら、思うぞんぶんに泣きました。私の事で、こんな騒ぎになって、私ほど悪い不孝な娘は無いという気がしました。こんな事なら、いっそ、綴方でも小説でも、一心に勉強して、母を喜ばせてあげたいとさえ思いましたが、私は、だめなのです。もう、ちっとも何も書けないのです。文才とやらいうものは、はじめから無かったのです。雪の降る形容だって、沢田先生のほうが、きっと私より上手なのでしょう。私は、自分では何も出来やしない癖に、沢田先生を笑ったりして、なんという馬鹿な娘でしょう。さらさらひらひらという形容さえ、とても私には、考えつかぬ事だった。私は、茶の間の言い争いを聞きながら、つくづく自分をいけない娘だと思いました。

その時は、母も父に言い負けて、沢田先生も姿を見せなくなりましたが、悪い事が、つづいて起りました。東京の深川《ふかがわ》で、金沢ふみ子*という十八の娘さんが、たいへん立派な文章を書いて、それが世間の大評判になったのでした。そのひとの本が、どんな偉い小説家の本よりも、はるかに多く売れて、一躍、大金持になったという噂《うわさ》を、柏木の叔父さんが、まるで御自分が大金持にでもなったみたいに得意顔で家へやって来られて、母に話して聞かせたので、母は、また興奮して、和子だって書けば書ける文才があるのに、どうしてこうかねえ、いまは昔とちがって、女だからとて家にひっこんでばかりいてはいけない、ひとつ柏木の叔父さんから教わって、書いてみたらいい、柏木の叔父さんは、沢田先生なんかと違って、大学まですすんだ人だから、それは、何と言ったって、たのもしいところがあります、そんなにお金になるんだったら、お父さんだって大目《おおめ》に見てくれますよ、とお台所のあとかたづけをしながら、たいへん意気込んでおっしゃるのです。柏木の叔父さんは、その頃からまた、私の家へ、ほとんど毎日のようにお見えになり、私を勉強室へひっぱって行って、まず日記を書け、見たところ感じたところを、そのまま書いたら、それでもう立派な文学だ、等とおっしゃって、それから何やらむずかしい理窟《りくつ》をいろいろと言い聞かせるのですが、私には、てんで書く気が無かったので、いつも、いい加減に聞き流していました。母は興奮しては、すぐ醒《さ》めるたちなので、その時の興奮も、ひとつきくらいつづいて、あとは、けろりとしていましたが、柏木の叔父さんだけは、醒めるどころか、こんどは、いよいよ本気に和子を小説家にしようと決心した、とか真顔でおっしゃって、和子は結局は、小説家になるより他に仕様のない女なのだ、こんなに、へんに頭のいい子は、とても、ふつうのお嫁さんにはなれない、すべてをあきらめて、芸術の道に精進《しょうじん》するより他は無いんだ等と、父の留守の時には、大声で私と母に言って聞かせるのでした。母も、さすがに、そんなにまで、ひどく言われると、いい気持がしないらしく、そうかねえ、それじゃ和子が可哀想《かわいそう》じゃないか、と淋しそうに笑いながら言いました。

叔父さんの言葉が、あたっていたのかも知れません。私はその翌年に女学校を卒業して、つまり、今は、その叔父さんの悪魔のような予言を、死ぬほど強く憎んでいながら、或《ある》いはそうかも知れぬと心の隅で、こっそり肯定しているところもあるのです。私は、だめな女です。きっと、頭が悪いのです。自分で自分が、わからなくなって来ました。女学校を出たら、急に私は、人が変ってしまいました。私は、毎日毎日、退屈です。家事の手伝いも、花壇の手入れも、お琴の稽古《けいこ》も、弟の世話も、なんでも、みんな馬鹿らしく、父や母にかくれて、こっそり蓮葉《はすは》な小説ばかり読みふけるようになりました。小説というものは、どうしてこんなに、人の秘密の悪事ばかりを書いているのでしょう。小私は、みだらな空想をする、不潔な女になりました。いまこそ私は、いつか叔父さんに教えられたように、私の見た事、感じた事をありのままに書いて神様にお詫びしたいとも思うのですが、私には、その勇気がありません。いいえ、才能が無いのです。それこそ頭に錆びた鍋でも被っているような、とってもやり切れない気持だけです。私には、何も書けません。このごろは、書いてみたいとも思うのです。先日も私は、こっそり筆ならしに、眠り箱という題で、たわいもない或《あ》る夜の出来事を手帖に書いて、叔父さんに読んでもらったのでした。すると叔父さんは、それを半分も読まずに手帖を投げ出し、和子、もういい加減に、女流作家はあきらめるのだね、と興醒めた、まじめな顔をして言いました。それからは、叔父さんが、私に、文学というものは特種の才能が無ければ駄目なものだと、苦笑しながら忠告めいた事をおっしゃるようになりました。かえって、いまは父のほうが、好きならやってみてもいいさ、等と気軽に笑って言っているのです。母は時々、金沢ふみ子さんや、それから、他の娘さんでやっぱり一躍有名になったひとの噂を、よそで聞いて来ては興奮して、和子だって、書けば書けるのにねえ、根気《こんき》が無いからいけません、むかし加賀の千代女《ちよじょ》*が、はじめてお師匠さんのところへ俳句を教わりに行った時、まず、ほととぎすという題で作って見よと言われ、早速さまざま作ってお師匠さんにお見せしたのだが、お師匠さんは、これでよろしいとはおっしゃらなかった、それでね、千代女は一晩ねむらずに考えて、ふと気が附いたら夜が明けていたので、何心なく、ほととぎす、ほととぎすとて明けにけり、と書いてお師匠さんにお見せしたら、*千代女でかした！　とはじめて褒められたそうじゃないか、何事にも根気《こんき》が必要です、と言ってお茶を一と口のんで、こんどは低い声で、ほととぎす、ほととぎすとて明けにけり、と呟き、なるほどねえ、うまく作ったものだ、と自分でひとりで感心して居られます。お母さん、私は千代女ではありません。なんにも書けない低能の文学少女、炬燵《こたつ》にはいって雑誌を読んでいたら眠くなって来たので、炬燵《こたつ》は人間の眠り箱だと思った、という小説を一つ書いてお見せしたら、叔父さんは中途で投げ出してしまいました。私が、あとで読んでみても、なるほど面白くありませんでした。どうしたら、小説が上手になれるだろうか。きのう私は、岩見先生に、こっそり手紙を出しました。七年前の天才少女をお見捨てなく、と書きました。私は、いまに気が狂うのかも知れません。

風の便り

拝啓。

突然にて、おゆるし下さい。私の名前を、ご存じでしょうか。聞いた事があるような名前だ、くらいには、ご存じの事と思います。十年一日の如《ごと》く、まずしい小説ばかりを書いている男であります。と言っても、決して、ことさらに卑下《ひげ》しているわけではございません。私も、既に四十ちかくに成りますが、未だ一つも自身に納得の行くような、安心の作品を書いて居《お》りませんし、また私には学問もないし、それに、謂《い》わば口重く舌重い、無器用な田舎者《いなかもの》でありますから、闊達《かったつ》な表現の才能に恵まれている筈《はず》もございません。それに加えて、生来の臆病者でありますから、文壇の人たちとの交際も、ほとんど、ございませんし、それこそ、あの古い感傷の歌のとおりに、友みなのわれより偉く見える日は、花を買い来て妻と楽しんでいるような、だらしの無い、取り残された生活をしていて、ああ、けれども、愚痴《ぐち》は言いますまい。私は、自分がひどく貧乏な大工の家に生《うま》れ、気の弱い、小鳥の好きな父と、痩《や》せて色の黒い、聡明《そうめい》な継母との間で、くるしんで育ち、とうとう父母にそむいて故郷から離れ、この東京に出て来て、それから二十年間お話にも何もならぬ程《ほど》の困苦に喘《あえ》ぎ続《つづ》けて来たという事、それも愚痴になりそうな気が致しますので、一さい申し上げませぬ。また、その暗いかずかずの思い出は、私の今日までの、作品のテエマにもなって居りますので、今更《いまさら》らしく申し上げるのも、気がひける事でございます。ただ、私が四十ちかくに成っても未だに無名の下手な作家だ、と申し上げても、それは決して私の卑屈《ひくつ》な、ひがみからでも無し、不遇を誇称して世の中の有名な人たちに陰険ないやがらせを行うというような、めめしい復讐心《ふくしゅうしん》から申し上げているのでもないので、本当に私は自分を劣った作家だと思って素直にそれを申し上げているのだという事をさえ、わかって下さったら、それだけで、私は有難《ありがた》く思います。

あなた、とお呼びしていいのか、先生、とお呼びすべきか、私は、たいへん迷って居ります。私は、もし失礼でなかったら、あなた、とお呼びしたいのです。先生、とお呼びすると、なんだか、「それっきり」になるような気がしてなりません。「それっきり」という感じは、あなたに遠ざけられ捨てられるという不安ではなく、私のほうで興覚めて、あなたから遠のいてしまいそうな感じなのです。何だか、いやに、はっきりきまってしまいそうな、奇妙な淋しさが感ぜられます。私でさえも、時には人から先生と呼ばれる事がありますけれど、少しもこだわらず、無邪気《むじゃき》に先生と呼ばれた時には、素直に微笑して、はい、と返事も出来ますが、向うの人が、ほんのちょっとでも計算して、意志を用いて、先生と呼びかけた場合には、すぐに感じて、その人から遠く突き離されたような、やり切れない気が致します。「先生と言われる程《ほど》の」という諺《ことわざ》は、なんという、いやな言葉でしょう。この諺ひとつの為《ため》に、日本のひとは、正当な尊敬の表現を失いました。私はあなたを、少しの駈引《かけひ》きも無く、厳粛《げんしゅく》に根強く、尊敬しているつもりでありますけれども、それでも、先生、とお呼びする事に就《つ》いては、たいへんこだわりを感じます。他意はございません。ただ、気持を、いつもあなたの近くに置きたいからです。私は肉親を捨てて生きて居ります。友人も、ございません。いつも、ただ、あなた一人の作品だけを目当に生きて来ました。正直な告白のつもりであります。

あなたは、たしか、私よりも十五年、早くお生れの筈《はず》であります。二十年前に、私が家を飛び出し、この東京に出て来て、「やまと新報」*の配達をして居りました時、あなたの長篇小説「鶴《つる》」が、その新聞に連載せられていて、私は毎朝の配達をすませてから、新聞社の車夫の溜《たま》りで、文字どおり「むさぼり食う」ように読みました。私は、自分が極貧の家に生れて、しかも学歴は高等小学校*を卒業したばかりで、あなたが大金持の（この言葉は、いやな言葉ですが、ブルジョアとかいう言葉は、いっそういやですし、他に適切な言葉も、私の貧弱な語彙《ごい》を以《も》ってしては、ちょっと見つかりそうもありませんから、ただ、私の赤貧の生立ちと比較して軽く形容しているのだと解して、おしのび下さい。）華族の当主で、しかもフランス留学とかの派手な学歴をお持ちになっているのに、それでも、あなたのお書きになっている作品に、そんな隔絶した境遇を飛び越えて、（共鳴、親愛、納得、熱狂、うれしさ、驚嘆《きょうたん》、ありがたさ、勇気、救い、融和、同類、不思議などと、いろいろの言葉を案じてみましたけれど、どれも皆、気にいりません。重ねて、語彙の貧弱を、くるしく思います。）少しも誇張では無く、生きている喜びを感じたのです。これでは、まるで、二十年前の少年に返ったような、あまい、はしゃぎかたで、書いていながら冷汗が出る思いであります。けれども、悪びれず、正直に申し上げる事に致しましょう。

私は極貧の家に生れながら、農民の事を書いた小説などには、どうしても親しめず、かえって世の中から傲慢《ごうまん》、非情、無思想、独善などと言われて攻撃されていたあなたの作品ばかりを読んで来ました。農民を軽蔑《けいべつ》しているのではありません。むしろ、その逆であります。士農工商という順序に従えば、私は大工の息子です、ずっと身分が下でありります。私は、農民の事を書いている「作家」に不満があるのです。その作品の底に、作家の一人間としての愛情、苦悩が少しも感ぜられません。作家の一人間としての苦悩が、幽《かす》かにでも感ぜられないような作品は、私にとってなんの興味もございません。あなたの作品が、「やまと新報」に連載せられていたのは、あれは、あなたが三十二、三歳の頃《ころ》の事であったと思われますが、あの頃、あなたが世の中から受けていた悪評は、とても、猛烈なものでありました。あなたは、完全に、悪徳漢のように言われていました。けれども、私は、あなたの作品の底に、いつも、殉教者《じゅんきょうしゃ》のような、ずば抜けて高潔な苦悶《く もん》の顔を見ていました。自身の罪の意識の強さは、天才たちに共通の顕著《けんちょ》な特色のようであります。あなたにとって、一日一日の生活は、自身への刑罰の加重以外に、意味が無かったようでありました。午前一ぱいを生き切る事さえ、あなたにとっては、大仕事のようでありました。私は、「鶴」以来、あなたの作品を一篇のこさず読んでまいりました。あれから二十年、あなたは、いまでは明治大正の文学史に、特筆大書されているくらいの大作家になってしまいました。絢爛《けんらん》の才能とか、あふれる機智《きち》、ゆたかな学殖《がくしょく》、直截の描写力とか、いまは普通に言われて、文学を知らぬ人たちからも、安易に信頼されているようでありますが、私は、そんな事よりも、あなたの作品にいよいよ深まる人間の悲しさだけを、一すじに尊敬してまいりました。「華厳《け ごん》」は、よかった。今月、「文学月報」に発表された短篇小説を拝見して、もう、どうしてもじっとして居られず、二十年間の、謂《い》わば、まあ、秘めた思いを、骨折って、どもりどもり書き綴《か つづ》りました。失礼ではあっても、どうか、怒らないで下さい。私も既に四十ちかく、髪の毛も薄くなっていながら、二十年間の秘めたる思いなどという女学生の言葉みたいなものを、それも五十歳をとうに越えられているあなたに向って使用するのは、いかにもグロテスクで、書いている当人でさえ閉口している程《ほど》なのですから、受け取るあなたの不愉快《ふゆかい》も、わかるように思いますが、どうも、他に、なんとも書き様がございませんでした。私は無学な作家です。二十年間、恥ずかしい痩せた小説を、やっと三十篇ばかり発表しました。二十年間、あなたはその間に、立派な全集を、三種類もお出しなさって、私のほうは明治大正の文学史どころか、昭和の文壇の片隅に現われかけては消え、また現われかけては忘れられ、やきもきしたりして、そうして此頃《このごろ》は、また行きづまり、なんにも書けなくなりました。愚痴は申さぬつもりでありました。ありましたが、どうか、此《こ》の愚痴一つばかりは聞いて下さい。私は、批評家たちの分類に従うと、*自然主義的な私小説家という事になって居ります。それは、あなたが一口に*高踏派《こうとうは》と言われているのと同じくらいの便宜上の分類に過ぎませぬが、私の小説の題材は、いつも私の身辺の茶飯事から採られているので、そんな名前をもらっているのです。私は、「たしかな事」だけを書きたかったのです。自分の掌《てのひら》で、明確に知覚したものだけを書いて置きたかったのです。怒りも、悲しみも、地団駄《じだんだ》踏んだ残念な思いも。私は、嘘《うそ》を書かなかった。けれども、私は、此頃ちっとも書けなくなりました。おわかりでしょうか。無学であるという事が、だんだん致命傷のように思われて来ました。私には手軽に、歴史小説も書けません。作品の行きづまりは、私のようなその日ぐらしの不流行の作家にとって、すなわち生活の行きづまりでもあります。私に、何が出来るでしょう。私は戦地へ行きたい。嘘の無い感動を捜《さが》しに。私は真剣であります。もっと若くて、この脚気《*かっけ》という病気さえ無かったら、私は、とうに志願しています。

私は行きづまってしまいました。具体的な理由は、申し上げません。私は、あなたの「華厳」を読み、その興奮から、二十年間の抑制を破り、思い切って手紙を書いたと前に申し上げましたが、実は、その興奮の他に、私の此《こ》の行きづまりをも訴えたかったからでありました。二十年間、私の歩んで来た文学の道に、このように大きな疑問が生じたのは、はじめての事であります。ぎりぎりに困惑したら、一言だけ、あなたのお指図をいただきたいと、二十年間、私は、ひそかに、頼みにして生きて来ました。少しでも、いじらしいとお思いになったら、御返事を下さい。二十年間を、決して押売《おしう》りするわけではございませんが、もういまは、私の永《なが》い抑制を破り、思い切って訴える時のようでありあます。どうか、失礼の段は、おゆるし下さい。

私の最近の短篇小説集、「へちまの花」を一部、お送り申しました。お読み捨て下さい。

ここは武蔵野《むさしの》のはずれ、深夜の松籟《しょうらい》は、浪《なみ》の響きに似ています。此《こ》の、ひきむしられるような凄《さび》しさの在《あ》る限り、文学も不滅と思われますが、それも私の老書生らしい感傷《かんしょう》で、お笑い草かも知れませぬ。先生(と意外にも書いてしまいましたから、大切にして、消さずに、そのまま残して置きます。)御自愛を祈ります。敬具。

六月十日　　　　　　　　　木戸一郎

井原退蔵様

拝復。

先日は、短篇集とお手紙を戴《いただ》きました。御礼おくれて申しわけありませんでした。短篇集は、いずれゆっくり拝読させて戴くつもりです。まずは、御礼まで。草々。

十八日　　　　　　　　　井原退蔵

木戸一郎様

一枚の葉書《はがき》の始末に窮《きゅう》して、机の上に置きそれに向ってきちんと正坐してみても落ち附かず、その葉書を持って立ち上り、部屋の中をうろうろ歩き廻ってみても、いよいよ途方に暮れるばかりで、いっそ何気なさそうな顔をして部屋の隅の状差《じょうさ》しに、その持てあました葉書を押し込んで、フンといった気持で畳《たたみ》の上にごろりと寝ころんでもみましたが、一向に形が附かず、また起き上ってその葉書を状差しから引き抜き、短かすぎる文面を小声で読んで、淋しく、とうとう二つに折って、懐《ふところ》深くねじ込み、どうやら少し落ち附いた気持になって、机に向い、またもやあなたにこんな失礼な手紙を書きしたためて居ります。

先日は、実に、だらしない手紙を差し上げ、まことに失礼いたしました。あの夜、あの手紙を書き上げて、そのまま翌《あく》る朝まで机の上に載《の》せて置いたならば、或《ある》いは、心が臆して来て、出せなくなるのではないかと思い、深夜、あの手紙を持って野道を三丁ほど、煙草屋《たばこや》の前のポストまで行って来ましたが、ひどく明るい月夜で、雲が、食べられるお菓子の綿のように白くふんわり空に浮いていて、深夜でもやっぱり白雲は浮いて、ゆるやかに流れているのだという事をはじめて発見し、けれどもこんな甘い発見に胸を躍《おど》らせるのも、もうこの後はあるまい、今夜が最後だ、最後だ、最後だと、一歩一歩、最後だという言葉ばかりを胸の中で呟《つぶや》きつづけて家へ帰りました。翌る朝、朝ごはんを食べながら、呻《うめ》くばかりでありました。くだらない手紙を差し上げた事を、つくづく後悔しはじめたのです。出さなければよかった。取返しのつかぬ大恥をかいた。たった一夜の感傷を、二十年間の秘めたる思いなどという脊筋の寒くなるような言葉で飾って、わあっ！　私は、鼻持ちならぬ美文の大家《たいか》です。＊文章倶楽部《くらぶ》の愛読者通信欄に投書している文学少女を笑えません。いや、もっと悪い。私は先日の手紙に於《お》いて、自分の事を四十ちかい、四十ちかいと何度も言って、もはや初老のやや落ち附いた生活人のように形容していた筈《はず》でありましたが、はっきり申し上げると三十八歳、けれども私は初老どころか、昨今やっと文学のにおいを嗅《か》ぎはじめた少年に過ぎなかったのだという事を、いやになるほど、はっきり知らされました。行きづまった等、そんな大袈裟《おおげさ》な事を、言える柄《がら》では無かったのです。私は、なんにも作品を書いていなかった。なんにも努めていなかった。私は、安易な隙間《すきま》隙間をねらって、くぐりぬけて歩いて来た。窮極《きゅうきょく》の問題は、私がいま、なんの生き甲斐《がい》も感じていないという事に在ったのでした。生きる事に何も張り合いが無い時には、自殺さえ、出来るものではありません。自殺は、かえって、生きている事に張り合いを感じている人たちのするものです。最も平凡な言いかたをすれば、私は、スランプなのかも知れません。恋愛でもやってみましょうか。先日あんな、だらしない手紙を差し上げ、それから後で、つくづく自分のだらしなさ、青臭さを痛感して、未だ少しも自分の形の出来ていないのがわかり、こんな具合では、もういちどはじめから全部やり直さなければなるまい、けれども一体、どこから手をつけて行けばいいのか、途方に暮れて、愚妻の皺《しわ》の殖《ふ》えたソバカスだらけの顔を横目で見て、すさまじい気が致しました。私は、自分に呆《あき》れました。そうして、けさは又《また》、あなたから、たいへん短いお言葉をいただき、いよいよ自分に呆れました。先日の私の、あんな、ふざけた手紙には、これくらいの簡単な御返事で適当なのだろうと思い知りました。決して、お怨《うら》みしているのではございません。とんでも無いことであります。その点は、なにとぞ御放念下さい。私は、けさの簡単なお葉書のお言葉に依《よ》って、私の身《み》の程《ほど》を、はっきり知らされたのです。かえって有難《ありがた》く思って居ります。こうして書いているうちにも、だんだんはっきり判《わか》って来ます。つまり、けさ私がお葉書をいただいて、その葉書の処置に窮して、うろうろしたのは、自分の身の程を知らされて狼狽《ろうばい》していただけの事でありました。少しは私にも、作家としての誇りもあったのでしょう、その誇りのやり場に窮して、うろうろあのお葉書を持ち廻っていたのに違いありません。私は、はじめから、やり直します。さらに素直に、心掛けます。

「華厳」を、あれから、もう一度、ゆっくり読みかえしてみました。最初、お照が髪を梳《す》いて抜毛を丸めて、無雑作《むぞうさ》に庭に投げ捨て、立ち上るところがありますけれど、あの一行半ばかりの描写で、お照さんの肉体も宿命も、自然に首肯《しゅこう》出来ますので、思わず私は微笑《ほほえ》みました。庭の苔《こけ》の描写は、余計のように思われましたけれど、なお、もう一度、読みかえしてみるつもりであります。雨後の華厳の滝のところは、ただもう、にこにこしてしまいました。滝のしぶきが、冷く痛く頬に感ぜられました。お照も細く見えた、という結末の一句の若さに驚きました。女体が、すっと飛ぶようにあざやかに見えました。作者の愛情と祈念が、やはり読者を救っています。

私は貧乏なので、なんの空想も浮ばず、十年一日の如《ごと》く、月末のやりくり、庭にトマトの苗を植えた事など、ながながと小説に書いて、ちかごろは、それもすっかり、いやになって、なんとかしなければならぬと、ただやきもきして新聞ばかり読んでいます。脚気のほうも、最近は、しびれるような事も無く、具合がいいので、五、六日前から少しずつ、酒の稽古《けいこ》をはじめて居ります。酒を飲むと、少し空想も豊富になって、うれしいのです。酒がこんなに有難いものだとは思わなかった。酒は不潔な堕落《だらく》のような気がして、このとしになるまで盃をふくんだ事がなかったのですが、国内に酒が少し不足になりかけた頃《ころ》に、あわてて酒の稽古をするとは、実に、おどろくべき遅刻者であります。私は、いつでも遅刻ばっかりしていました。いっそトラックを一周おくれて、先頭になりましょうか。ひとつ御指導を得て、恋愛の稽古もはじめたい。歴史を勉強しましょうか。哲学とやらは如何。語学は。

告白すると、私は、＊ショパンの憂鬱《ゆううつ》な蒼白《あおじろ》い顔に芸術の正体を感じていました。もっと、やけくそな言葉で言うと、「あこがれて」いました。お笑いになりますか。海浜の宿の＊籐椅子《とういす》に、疲れ果てた細長いからだを埋めて、まつげの長い大きい眼を、まぶしそうに細めて海を見ている。蓬髪《ほうはつ》は海の風になぶられ、品《ひん》のよい広い額《ひたい》に乱れかかる。右頰を軽く支えている五本の指は鶺鴒《せきれい》の尾のように細長くて鋭い。そのひとの背後には、明石《あかし》を着た中年の女性が、ひっそり立っている。呆れましたか。どうも私の空想は月並みで自分ながら閉口ですが、けれども私は本気で書いてみたのです。近代の芸術家は、誰しも一度は、そんな姿と大同小異の影像を、こっそりあこがれた事がある。実に滑稽《こっけい》です。大工のせがれがショパンにあこがれ、だんだん横に太るばかりで、脚気を病み、顔は蟹《かに》の甲羅《こうら》の如《ごと》く真四角、髪の毛は、海の風に靡《なび》かすどころか、頭のてっぺんが禿《は》げて来ました。そうして一合の晩酌《ばんしゃく》で大きい顔を、でらでら油光りさせて、老妻にいやらしくかまっています。少年の頃、夢に見ていた作家とは、まさか、こんなものではありませんでした。本当に、「こんな筈《はず》ではなかった」という笑い話。けれども現在の此《こ》の私は、作家以外のものでは無い。先生、と呼ばれる事さえあるのです。ショパンを見捨て、＊山上憶良《やまのうえのおくら》に転向しましょうか。「貧窮問答《ひんきゅうもんどう》」だったら、いまの私の日常にも、かなりぴったり致します。こんなのを民族的自覚というのでしょうか。

書いているうちに、何もかも、みんな、くだらなくなりました。これで失礼いたします。けさは朝から不愉快でした。少し落ち附いて考えてみたくなりました。なんだか、みんな不安になりました。けれどもお気になさらぬよう。失礼いたしました。

この手紙には、御返事は要《い》りません。お大事に。

六月二十日　　　　　　　　　　木戸一郎

井原退蔵様

前略。

返事は要らぬそうだが御返事をいたします。

君の赤はだかの神経に接して、二三日、自分に(君にではない)不潔を感じて厭《いや》な気がしていたという事も申して置きます。自分は、君の名を前から知っていました。作品を読んだ事は無かったが、詩人の加納君が、或《あ》る会合の席上でかなりの情熱を以《もっ》て君の作品をほめて、自分にも一読をすすめた事がありました。自分も、そんなら一度読んでみようと思いながら、今日までその機会が無く、そのままになっていました。先日、君の短篇集とお手紙をもらって、お礼のおくれたのは自分の気不精《きぶしょう》からでもありましたが、自分は誰かれの差別なくお礼やら返事やらを書いているわけにも行きません。恩を着せるようにとられても厭ですが、自分は君の短篇集をちょっと覗《のぞ》いてみて、安心していいものがあるように思われましたから、気も軽くなって不取敢《とりあえず》お礼を差し上げたのです。お礼の言葉が短かすぎて君はたいへん不満のようですが、お礼には、誠実な「ありがとう」の一言で充分だと思う。他に、どんな言葉が要るのですか。あの時には、自分は未だ君の作品を、ほとんど読んでいなかったのです。

けれどもいまは、ちがいます。自分は君の短篇集を、はじめから終りまで全部読みました。かなりの資質を持った作家だと思いました。いつか詩人の加納が、君の作品をほめていたが、その時の加納の言葉がいま自分にも、いちいち首肯出来ました。「光陰」のタッチの軽快、「瘤《こぶ》」のペエソス、「百日紅《さるすべり》」に於《お》ける強烈な自己凝視《ぎょうし》など、外国十九世紀の一流品にも比肩《ひけん》出来る逸品と信じます。お手紙に依《よ》れば、君は無学で、そうして大変つまらない作家だそうですが、そんな、見え透いた虚飾の言は、やめていただく。君が無学で、下手な作家なら、井原は学者で、上手な作家という事になるようですが、そんな、人を無意味に困惑させるような言葉は、聞きたくないのです。もし君が、これから自分と交際をはじめるつもりであったなら、まず、そんな不要の言いわけは一言もせぬ事にして、それからにして欲しい。そうで無ければ、自分は交際を願うわけに行かない。「私は無学で、下手な作家」だと言われると、言われた自分のほうで、自分に不潔を感じてやりきれなくなります。自分だって、大きい顔をでらでら油光りさせて酒を飲んでいる事があります。君の手紙に不潔を感じたというのではなく、鏡の反射光を真正面に自分のほうに向けられたような気がして、自分の醜《みにく》さにまごつくのです。おわかりの事と思う。

　君の作品に於《お》いても、自分にはたった一つ大きい不満があります。十九世紀の一流品に比肩出来るという、自分の言葉の中にも、自分はその大きい不満を含めていました。君の作品は、十九世紀の完成を小さく模倣《もほう》しているだけだ、といってしまうと、実《み》も蓋《ふた》も無くなりますが、君の作品のお手本が、*十九世紀のロシヤの作家あるいは*フランスの象徴派の詩人の作品の中に、たやすく発見出来るので、窮極に於いて、たより無い気がするのです。感傷の在りかたが、諦念《ていねん》に到達する過程が、心境の動きが、あきらかに公式化せられています。かならずお手本があるのです。誰しもはじめは、お手本に拠《よ》って習練を積むのですが、一個の創作家たるものが、いつまでもお手本の匂《にお》いから脱する事が出来ぬというのは、まことに腑甲斐《ふがい》ない話であります。はっきり言うと、君は未だに誰かの調子を真似《まね》しています。そこに目標を置いているようです。「芸術的」という、あやふやな装飾の観念を捨てたらよい。生きる事は、芸術でありません。自然も、芸術でありません。さらに極言すれば、小説も芸術でありません。小説を芸術として考えようとしたところに、小説の堕落が胚胎《はいたい》していたという説を耳にした事がありますが、自分もそれを支持して居ります。創作に於《お》いて最も当然に努めなければならぬ事は、「正確を期する事」であります。その他には、何もありません。風車が悪魔に見えた時には、ためらわず悪魔の描写をなすべきであります。また風車が、やはり風車以外のものには見えなかった時は、そのまま風車の描写をするがよい。風車が、実は、風車そのものに見えているのだけれども、それを悪魔のように描写しなければ「芸術的」でないかと思って、さまざま見え透いた工夫をして、ロマンチックを気取っている馬鹿《ばか》な作家もありますが、あんなのは、一生かかったって何一つ摑《つか》めない。小説に於いては、決して芸術的雰囲気をねらっては、いけません。あれは、お手本のあねさま*の絵の上に、薄い紙を載せ、震《ふる》えながら鉛筆で透き写しをしているような、全く滑稽な幼い遊戯《ゆうぎ》であります。一つとして見るべきものがありません。雰囲気の醸成《じょうせい》を企画する事は、やはり*自瀆《じとく》であります。「*チェホフ的に」などと少しでも意識したならば、かならず無慙《むざん》に失敗します。言わでもの事であったかも知れません。君も既に一個の創作家であり、すべてを心得て居られる事と思いますが、君の作品の底に少し心配なところがあるので、遠慮をせずに申し上げました。無闇《むやみ》に字面《じづら》を飾り、ことさらに漢字を避けたり、不要の風景の描写をしたり、みだりに花の名を記したりする事は厳に慎しみ、ただ実直に、印象の正確を期する事一つに努力してみて下さい。君には未だ、君自身の印象というものが無いようにさえ見える。それでは、いつまで経っても何一つ正確に描写する事が出来ない筈《はず》です。主観的たれ！　強い一つの主観を持ってすすめ。単純な眼を持て。複雑という事は、かえって無思想の人の表情なのです。それこそ、本当の無学です。君は無学ではありません。君の作品に於《お》いても、根強い一つの思想があるのに、君は、それを未だに自覚していないのです。次の箴言《しんげん》を知っていますか。

「エホバ*を畏《おそ》るるは知識の本《もと》なり。」

多少、興奮して、失敬な事を書いたようです。けれども、若いすぐれた資質に接した時には、若い情熱でもって返報するのが作家の礼儀とも思われます。自分は、ハンデキャップを認めません。体当りで来た時には、体当りで返事をします。

今日は、君の作品に就《つ》いてだけ申し上げました。君のお手紙の言葉に対しては、次の機会にゆっくりお答えしたいと考えています。君の二通の手紙は、君の作品に較《くら》べて、ひどく劣っています。自分がもし君のあの手紙だけを読んで君の作品に接していなかったら、自分は君に返事を書かなかったろうと思います。君は、嘘《うそ》ばかり書いていました。

次の機会に、もっとくわしく申し上げます。長くなりますので、今日の手紙は、これだけで打ち切ります。

よい友人が得られそうなので、自分も久し振りに張り合いを感じています。やり切れなくなったら、旅行でもしてみたら、どうですか。不一。

二十五日

井原退蔵

木戸一郎様

謹啓。

御手紙を、繰り返し拝読いたしました。すぐにはお礼状も書けず、この三日間、溜息《ためいき》ばかりついていました。私はあなたのお手紙を、かならずしも聖書の如《ごと》く一字一句、信仰して読んだわけではありません。ところどころに、やっぱり不満もありました。小説の妙訣《みょうけつ》は、印象の正確を期するところにあるというお言葉は、間髪《かんはつ》をいれず、立派でございましたが、私の再度の訴えもそこから出発していた筈《はず》であります。「たしかな事」だけを書きたかったと私は申し上げた筈でした。自分の掌で、明確に知覚したものだけを書いて、置きたかった、と言いました。けれども、このごろ私には、それが出来なくなりました。理由は、あります。けれども具体的には申し上げません。私は、それをあなたに訴えた筈です。けれどもあなたは、私の手紙を全然黙殺してしまいました。そうして、あなたご自身のお得意のテエマだけを一つ勝手に択《えら》んで、立派な感想を述べました。けれども、私はそのテエマに就《つ》いての講義は、ちっとも聞きたくなかったのです。古いなあ、とさえ思いました。私の聞きたい事は、そんな、上品な方法論ではなかったのです。もっと火急の問題であります。この次の御手紙では、かならず、その問題に触れてお答え下さい。きっと、お願い致します。

おゆるし下さい。御好意に狎《な》れて、言いたい放題の事を言いました。きっと、あなたは烈火《れっか》のようにお怒りでしょう。けれども私は、平気です。

「エホバを畏るるは知識の本なり。」いい言葉をいただきました。私は、これから、あなたに対して、うんと自由に振舞います。美しい、唯一の先輩を得て、私の背丈《せたけ》も伸びました。

さて、それでは冒頭の言葉にかえりますが、私が、この三日間、すぐにはお礼も書けず、ただ溜息ばかりついていたというわけは、お手紙の底の、あなたの意外の優しさが、たまらなかったからであります。あなたは無垢《むく》です。失礼ながら、苦笑なさるかも知れませんが、あなたの住んでいらっしゃる世界には、光が充満しています。それこそ朝夕、芸術的です。あなたが、作品の「芸術的な雰囲気」を極度に排撃なさるのも、あなたの日常生活に於《お》いてそれに食傷して居られるからでもないか知らとさえ私には思われました。私は極端に糠味噌《ぬかみそ》くさい生活をしているので、ことさらにそう思われるのかも知れませんが、五十歳を過ぎた大作家が、おくめんも無く、こんな優しいお手紙をよくも書けたものだと、呆然《ぼうぜん》としました。怒って下さい。けれども絶交しないで下さい。私は、はっきり言うと、あなたの此《こ》の優しい長い手紙が、気に食わぬのです。葉書の短い御返事も淋しいのですが、こんなにのんきにいたわられても閉口です。私の作品には、批評の価値さえありません。作品の感想などを、いまさら求めていたのではありません。けれども、手紙の訴えだけには耳を傾けて下さい。少しも嘘なんか書きませんでした。どこが、どんなに嘘なのでしょう。すぐに御返事を下さい。

わがままは承知して居ります。けれども、強い体当りをしたなら、それだけ強いお言葉をいただけるようでありますから、失礼をかえりみず口の腐《くさ》るような無礼な言いかたばかり致しました。私は、世界中で、あなた一人を信頼しています。

御返事をいただいてから、ゆっくり旅行でもしてみたいと思って居ります。「へちまの花」の印税を昨日、本屋からもらいましたので。なおまた、詩人の加納さんとは、未だ一度もお逢《あ》いした事はありませんが、あなたから、機会がございましたら、木戸がよろこんでいたとおっしゃって下さい。加納さんは、私と同郷の、千葉の人なのです。頓《とん》首《しゅ》。

六月三十日　　　　　　　　　　　　　木戸一郎

井原退蔵様

拝復。

君の手紙は下劣でした。お答えするのも、ばからしい位《くらい》です。けれども、もう一度だけ御返事を差し上げます。君の作品を、忘れる事が出来ないからです。

自分は、君の手紙を嘘だらけだと言いました。それに対して君は、嘘なんか書かない、どこがどんなに嘘なのかと、たいへん意気込んで抗議していたようですが、それでは教えます。自分は、君の無意識な独《ひと》り合点《がてん》の強さに呆れました。作品の中の君は単純な感傷家で、しかもその感傷が、たいへん素朴なので、自分は、数千年前のダビデ*の唄《うた》をいま直接に聞いているような驚きをさえ感じました。自分は君の作品を読んで久し振りに張り合いを感じたのです。自分には、すぐれた作品に接するという事以外には、一つも楽しみが無いのです。自分にとって、仕事が全部です。仕事の成果だけが、全部です。

作家の、人間としての魅力など、自分は少しもあてにして居りません。ろくな仕事もしていない癖《くせ》に、その生活に於《お》いて孤高を装い、卑屈に拗《す》ねて安易に絶望と虚無を口にして、ひたすら魅力ある風格を衒《てら》い、ひとを笑わせ自分もでれでれ甘えて恐悦《きょうえつ》がっているような詩人を、自分は、底知れぬほど軽蔑しています。卑怯《ひきょう》であると思う。横着であると思う。作品に依《よ》らずに、その人物に依ってひとに尊敬せられ愛されようとさまざまに心をくだいて工夫している作家は古来たくさんあったようだが、例外なく狡猾《こうかつ》な、なまけものであります。極端な、ヒステリックな虚栄家であります。作品を発表するという事は、恥を掻《か》く事であります。神に告白する事であります。そうして、もっと重大なことは、その告白に依って神からゆるされるのでは無くて、神の罰を受ける事であります。自分には、いつも作品だけが問題です。作家の人間的魅力などというものは、てんで信じて居りません。人間は、誰でも、くだらなくて卑《いや》しいものだと思っています。作品だけが救いであります。仕事をするより他はありません。君の手紙を読むと、君は此頃《このごろ》ひどく堕落しているという事が、はっきりわかります。いい加減であります。君はまさしく安易な逃《に》げ路《みち》を捜してちょろちょろ走り廻っている鼬《いたち》のようです。実に醜い。君は作品の誠実を、人間の誠実と置き換えようとしています。作家で無くともいいから、誠実な人間でありたい。これはたいへん立派な言葉のように聞えますが、実は狡猾な醜悪な打算に満ちている*遁辞《とんじ》です。君はいったい、いまさら自分が誠実な人間になれると思っているのですか。誠実な人間とは、どんな人間だか知っていますか。*おのれを愛するが如《ごと》く他の者を愛する事の出来る人だけが誠実なのです。君には、それが出来ますか。いい加減の事は言わないでもらいたい。君は、いつも自分の事ばかりを考えています。自分と、それから家族の者、せいぜい周囲の、自分に利益を齎《もた》らすような具合いのよい二、三の人を愛しているだけじゃないか。もっと言おうか。君は泣きべそを掻くぜ。「*汝《なんじ》ら、見られんために己《おの》が義を人の前にて行わぬように心せよ。」どうですか。よく考えてもらいたい。出来ますか。せめて誠実な人間でだけありたい等と、それが最低のつつましい、あきらめ切った願いのように安易に言っている恐ろしい女流作家なんかもあったようですが、何が「せめて」だ。それこそ大天才でなければ到達出来ないほどの至難の事業じゃないか。自分はどうしても誠実な人間にはなり切れなかったから、せめて罪滅《つみほろぼ》しに一生、小説を書いて行きます、とでも言うのなら、まだしも素直だ。作家は、例外なしに実にくだらない人間なのだと自分は思っています。聖者の顔を装いたがっている作家も、自分と同輩の五十を過ぎた者の中にいるようだが、馬鹿な奴だ。酒を呑《の》まないというだけの話だ。*「なんじら祈るとき、偽善者の如《ごと》くあらざれ。彼らは人に顕《あらわ》さんとて、会堂や大路の角《かど》に立ちて祈ることを好む。」ちゃんと指摘されています。

君の手紙だって同じ事です。君は、君自身の「かよわい」善良さを矢鱈《やたら》に売込《うりこ》もうとしているようで、実にみっともない。君は、そんなに「かよわく」善良なのですか。御両親を捨てて上京し、がむしゃらに小説を書いて突進し、とうとう小説家としての一戸を構えた。気の弱い、根《ね》からの善人には、とても出来る仕業《しわざ》ではありません。敗北者の看板は、やめていただく。君は、たしかに嘘ばかり言っています。君は、まずしく痩せた小説ばかりを書いて、そうして、昭和の文壇の片隅に現われかけては消え、また現われかけては忘れられて、そうして、このごろは全く行きづまって、語学の勉強をはじめようか、日本の歴史を研究し直そうかと考えているのだそうですが、全部嘘です。君は、そんな自嘲《じちょう》の言葉で人に甘えて、君自身の怠惰《たいだ》と傲慢をごまかそうとしているだけです。ちょっと地味に見えながらも、君ほど自我の強い男は、めったにありません。おそろしく復讐心の強い男のようにさえ見えます。自分自身を悪い男だ、駄目《だめ》な男だと言いながら、その位置を変える事には少しも努力せず、あわよくばその儘《まま》でいたい、けれどもその虫のよい考えがあまり目立っても具合いが悪いので、仮病《けびょう》の如《ごと》くやたらに顔をしかめて苦痛の表情よろしく、行きづまった、ぎりぎりに困惑した等と呻いているだけの事で、内心どこかで、だけど俺は偉いんだ、俺の作品は残るのだと小声で囁《ささや》いて赤い舌を出しているというのが、君の手紙の全体から受けた印象であります。君自身の肉体の疲労やら、精神の弛緩《しかん》、情熱の喪失を、ひたすら時代のせいにして、君の怠惰を巧みに理窟《りくつ》附けて、人の同情を得ようとしている。行きづまった、けれどもその理由は、申し上げません等と、なんという思わせ振りな*懦弱《だじゃく》な言いかたをするのだろう。ひどい圧迫を受けているのだが、けれども忍んで、それは申し上げませんと殊勝《しゅしょう》な事を言っているようにも聞えますが、誰が一体、君をそんなに圧迫しているのですか。誰ですか？　みんなが君を、大事にしているじゃありませんか。君は慾張《よくば》りです。一本の筆と一帖の紙を与えられたら、作家はそこに王国を創《つく》る事が出来るではないか。君は、自身の影におびえているのです。君は、ありもしない圧迫を仮想して、やたらに七転八倒しているだけです。滑稽な姿であります。書きたいけれども書けなくなったというのは嘘で、君には今、書きたいものがなんにも無いのでしょう。書きたいものが無くなったら、理窟も何もない、それっきりです。作家が死滅したのです。救助の仕様もありません。君の手紙を見て、自分は君の本質的な危機を見ました。冗談言って笑ってごまかしている時ではありません。君は或《あ》るいは君の仕事にやや満足しているのではあるまいか。やるべきところ迄《まで》は、やり果した。これ以上のものは、もはや書けまい、まず、これでよし等と考えているのでしたら、とんでも無い事です。君はまだ、やっとお手本を巧みに真似る事が出来ただけです。君の作品の中に十九世紀の完成を見附ける事は出来ても、二十世紀の真実が、すこしも具現せられて居りません。二十世紀の真実とは、言葉をかえて言えば、今日のロマンス、或いは近代芸術という事になるのですが、それは君の作品だけでなく、世界の誰の作品の中にも未だはっきり具現せられて居りません。企図した人は、すべて無慙に失敗し、少し飛び上りそうになっては墜落《ついらく》し、世人には山師のように言われ、まるで*ダヴィンチの飛行機の如《ごと》く嘲笑《ちょうしょう》せられているのです。けれども自分は信じています。真の近代芸術は、いつの日か一群の天才たちに依《よ》って必ず立派に創成せられる。それは未だ世界に全く無かったものだ。お手本から完全に解放せられて二十世紀の自然から堂々と湧出《ゆうしゅつ》する芸術。それは必ず実現せられる。そうして自分は、その新しい芸術が、世界のどこの国よりも、この日本の国に於《お》いて、最も美事に開花するのだと信じている。君たちと、君たちの後輩が、それを創るようになるだろうと思っている。日本には、明治以来たくさんの作家が出ましたが、一つの創作も無かったと言ってよい。創作という言葉は、誰が発明したものかわからないけれども、実にいい言葉だと思う。多くの人は、この言葉を小説の別名の如《ごと》く気楽に考えて使用しているようですが、真の創作は未だに日本に於いて明治以後、一篇もあらわれていないと思う。どこかに、かならずお手本の匂いがします。それが愛嬌《あいきょう》だった時代もあったのですが、今では外国の思想家も芸術家も、自分たちの行く路《みち》に就《つ》いて何一つ教えてはくれません。敗北を意識せず、自身の仕事に幽《かす》かながらも希望を感じて生きているのは、いまは、世界中で日本の芸術家だけかも知れない。仕合《しあわ》せな事です。日本は、芸術の国なのかも知れぬ。すべては、これからです。自分も、死ぬまで小説を書いて行きます。その時のジャアナリズムが、政府の方針を顧慮し過ぎて、自分の小説の発表を拒否する事が、もし万一あったとしても、自分は黙って書いて行きます。発表せずとも、書き残して置くつもりです。自分は明白に十九世紀の人間です。二十世紀の新しい芸術運動に参加する資格がありません。けれども、一粒の種子は、確実に残して置きたい。こんな男もいたという事を、はっきり書いて残して置きたい。

君は、だらしが無い。旅行をなさるそうですが、それもよかろう。君に今、一ばん欠けているものは、学問でもなければお金でもない。勇気です。君は、自身の善良性に行きづまっているのです。だらしの無い話だ。作家は例外なく、小さい悪魔を一匹ずつ持っているものです。いまさら善人づらをしようたって追いつかぬ。

この手紙が、君への最後の手紙にならないように祈っている。敬具。

井原退蔵

七月三日

木戸一郎様

拝啓。

のがれて都を出ました。この言葉をご存じですか。ご存じだったら、噴き出した筈《はず》です。これは、ひどく太って気の毒な或る女流作家の言葉なのです。けれども、此《こ》の一行の言葉には、迫真性があります。さて、私も、のがれて都を出ました。懐中《かいちゅう》には五十円。私は、どうしてこうなんでしょう。不安と苦痛の窮極まで追いつめられると、ふいと、ふざけた言葉が出るのです。臨終《りんじゅう》の人の枕もと等で、突然、卑猥《ひわい》な事を言って笑いころげたい衝動を感ずるのです。まじめなのです。気持は堪えられないくらいに厳粛にこわばっていながら、ふいと、冗談を言い出すのです。のがれて都を出ましたというのも、私の苦しまぎれのお道化《どうけ》でした。態度が甚《はなは》だふざけています。だいいち、あの女流作家に対して失礼です。けれども私は今、出鱈目《でたらめ》を言わずには居られません。

あなたから長いお手紙をいただき、ただ、こいつあいかんという気持で鞄《かばん》に、ペン、インク、原稿用紙、辞典、聖書などを詰め込んで、懐中には五十円、それでも二度ほど紙幣《しへい》の枚数を調べてみて、ひとり首肯《うなず》き、あたふたと上野駅に駈《か》け込《こ》んで、どもりながら、し、しぶかわと叫んで、切符を買い、汽車に乗り込んでから、なぜだか、にやりと笑いました。やっぱり、どこか、ふざけた書きかたですね。くるしまぎれのお道化です。

御海容《ごかいよう》ねがいます。

この、つまらない山の中の温泉場へ来てから、もう三日になりますが、一つとして得るところがありませんでした。奇妙な、ばからしい思いで、ただ、うろうろしています。なんにもならなかった。仕事は、一枚も出来ません。宿賃が心配で、原稿用紙の隅に、宿賃の計算ばかりくしゃくしゃ書き込んでは破り、ごろりと寝ころんだりしています。何しに、こんなところへ来たのだろう。実に、むだな事をしました。貧乏そだちの私にとっては、ほとんどはじめての温泉旅行だったのですが、どうも私はまだ、温泉でゆっくり仕事など出来る身分ではないようです。宿賃ばかりが気になっていけません。

あなたの長いお手紙が、私をうろうろさせました。正直に申し上げると、あなたのお言葉の全部が、かならずしも私にとって*頂門《ちょうもん》の一針《いっしん》というわけのものでも無かったし、また、あなたの大声叱咤《しった》が私の全身を震撼《しんかん》させたというわけでも無かったのです。決して負け惜しみで言っているわけではありません。あなたが御手紙でおっしゃっている事は、すべて私も、以前から知悉《ちしつ》していました。あなたはそれを、私たちよりも懐疑が少く、権威を以《もっ》て大声で言い切っているだけでありました。もっともあなたのような表現の態度こそ貴重なものだということも私は忘れて居りません。あなたを、やはり立派だと思いました。あなたに限らず、あなたの時代の人たちに於《お》いては、思惟《しい》とその表示とが、ほとんど間髪をいれず同時に展開するので、私たちは呆然とするばかりです。思った事と、それを言葉で表現する事との間に、些少《さしょう》の逡巡《しゅんじゅん》、駈引きの跡も見えないのです。あなた達は、言葉だけで思想して来たのではないでしょうか。思想の訓練と言葉の訓練とぴったり並走させて勉強して来たのではないでしょうか。口下手の、あるいは悪文の、どもる奴には、思想が無いという事になっていたのではないでしょうか。だからあなた達は、なんでもはっきり言い切って、そうして少しも言い残して居りません。子供っぽい、わかり切った事でも、得意になって言っています。それがまた、私たちにとっては非常な魅力なのですから、困ります。私たちは、何と言ってよいのか、「思想を感覚る」とでも言ったらいいのだろうか、思惟が言葉を置きざりにして走ります。そうして言葉は、いつでも戸惑いをして居ります。わかっているのです。言葉が、うるさくってたまりません。なるほど、それも一理窟だ、というような、そんないい加減な気持で、人の講義を聞いて居ります。言葉は、感覚から千里もおくれているような気がして、のろくさくって、たまりません。主観を言葉で整理して、独自の思想体系として樹立するという事は、たいへん堂々としていて正統のようでもあり、私も、あこがれた事がありましたが、どうも私は「哲学」という言葉が閉口で、すぐに眼鏡をかけた女子大学生の姿や、されこうべ*などが眼に浮び、やり切れないのです。私があなたのお手紙を読んで、あなたのお考えになっている事が、あなたの言葉と少しの間隙《かんげき》も無くぴったりくっついて立っているのを見事に感じ、これは言葉に依《よ》る思想訓練の結果であろうか、或いはまた逆に、思想に依る言葉の訓練の成果であろうか、とにかく永い修練の末の不思議な力量を見たという思いを消す事が出来ませんでした。あなたが、あれは間違いだと思う、と断定とお書きになると、あなたが心の底から一片の懐疑の雲もなく、それを間違いだと断定して居られるように感ぜられます。私たちは違います。あいつは厭な奴だと、たいへん好きな癖に、わざとそう言い変えているような場合が多いので、やり切れません。思惟と言葉との間に、小さい歯車が、三つも四つもあるのです。けれども、この歯車は微妙で正確な事も信じていて下さい。私たちの言葉は、ちょっと聞くとすべて出鱈目の放言のように聞えるでしょうが、しさいにお調べになったら、いつでもちゃんと歯車が連結されている筈《はず》です。生活の違いかも知れません。こんな言いわけは、気障《きざ》な事です。悲しくなりました。よしましょう。私が、あなたのお手紙の、ほとんど暴力に近い、それこそ実《み》も蓋《ふた》も無い素朴な表現に驚嘆《きょうたん》したのも、たしかな事実でありますが、その表現せられている御意見には、一つも啓発せられるところが無かったというのも事実でありました。いまさら何を言っていやがると思いました。私たちを、へんなお手本に押し込めて、身動きも出来なくさせたのは、一体、誰だったでしょう。それは、先輩というものでありました。心境未だし、デッサン不正確なり、甘し、ひとり合点なり、文章粗雑、きめ荒し、生活無し、不潔なり、不遜《ふそん》なり、教養なし、思想不鮮明なり、俗の野心つよし、にせものなり、誇張多し、精神軽佻浮薄《けいちょうふはく》なり、自己陶酔《じことうすい》に過ぎず、衒気《げんき》、おっちょこちょい、気障なり、ほら吹きなり、のほほんなりと少し作品を闊達《かったつ》に書きかけると、たちまち散々、寄ってたかってもみくちゃにしてしまって、そんならどうしたらいいのですと必死にたずねてみても、一言の指図もしてくれず、それこそ、縋《すが》るを蹴とばし張りとばし意気揚々《いきようよう》と引き上げて、やっぱりあいつは馬鹿じゃ等と先輩同志で酒席の笑い話の種にしている様子なのですから、ひどいものです。後輩たる者も亦《また》だらしが無く、すっかりおびえてしまって、作品はひたすらに、地味にまずしく、躍る自由の才能を片端から抑制して、なむ誠実なくては叶《かな》うまいと伏眼になって小さく片隅に坐《すわ》り、先輩の顔色ばかりを伺《うかが》って、おとなしい素直な、いい子という事になって、せっせとお手本の四君子《しくんし》やら、ほてい様やら、朝日に鶴、田子《たご》の浦《うら》の富士などを勉強いたし、まだまだ私は駄目ですと殊勝らしく言って溜息をついてみせて、もっぱら大過なからん事を期しているというような状態になったのです。いまでは私は、信じています。若い才能は、思い切り縦横に、天馬の如《ごと》く走り廻るべきだと思っています。試みたいと思う技法は、とことんまでも駆使すべきです。書いて書きすぎるという事は無い。芸術とは、もとから派手なものなのです。けれども私は、もうおそいようです。骨が固くなってしまいました。ほてい様やら、朝日に鶴を書き過ぎました。私はあなたのお手紙を読み、いまさら何を言っていやがると思ったのは、そのところなのです。もう二十年はやく、あなたがそれを、はっきり言ってくれたならば！　けれども、これは愚痴のようです。お手本を破れ、二十世紀の新しい芸術は君たちの手中に在ると大声で煽動《せんどう》せられても、私は苦しく顔をゆがめて笑っただけでした、という事だけを申し上げて、その余の愚痴めいた事は、言わない事にいたしましょう。私もどうやら、あなたと同様に、十九世紀の作家のようであります。

いろいろ失礼な事ばかり申し上げましたが、本当に、私はあなたのお手紙のお言葉の内容に於《お》いては、何一つ啓発せられるところが無かった、けれども、私は、うろたえたのです。お手紙を持って、うろうろしました。のがれて都を出たのです。こいつあいかんという気持で鞄にペン、インク、原稿用紙をつめ込んだのです。なぜでしょう。私は、あなたの手紙の長さに負けたのです。私ごときに、こんな長いむだな手紙を下さる、あなたのばかな情熱に狼狽してしまったのです。これだけ長い文章を、もし原稿用紙に書いたら、あなたはたいへんな原稿料を受け取る事が出来るのにと卑しい讃嘆の思いをさえ抱きました。あなたは、いま、ひどく退屈して居られるのではなかろうかとも思いました。私だけでなく、他の誰かれにも、こんな長い手紙を、むきになって書いて居られるのではないだろうかと思えば、いよいよ狼狽するばかりでありました。私は、あなたを、ずいぶん深く愛しているようです。日常の手紙などで、あなたのもったいない情熱をこんなに濫費《らんぴ》されて、たまるものかという気がしました。私は、自分を愛するよりも、あなたを愛しています。私は苦しくなりました。そうして、つくづく、あなたを駄目な、いいひとだと思いました。*大痴《だいち》という言葉がありますが、あなたは、それです。底抜けのところがあります。やはりあなたは有数の人物だと思いました。こんどは、もういいから、私にも誰にも、あんな長い手紙は書かないで下さい。閉口です。もう、わかりました。私は作品を書きます。書きます。こいつは、かなわんという気持で私は鞄にペン、インク、原稿用紙、聖書などを詰め込んだのです。

　思えば、ばからしい旅でした。何一ついい事がありません。もう今夜で、三泊する事になるのですが、仕事は一枚も出来ません。最初の夜から大失敗でした。それをお知らせ致しましょう。私には仕事の腹案が一つも無かったのです。出来れば一つラヴ・ロマンス(お笑いになりましたね。)そいつを書いてみたいという思いが心のどこかの隅に、幽かに疼《うず》いていたようです。文学とは、恋愛を書く事ではないのかしらと、このとしになって、ちょっと思い当った事もありましたので、私の最近の行きづまりを女性を愛する事に依《よ》って打開したい等、がらにもない願望をちらと抱いた夜もあって、こんどの旅行で何かヒントでも得たら、しめたものだと陳腐《ちんぷ》な中学生式の空想もあったのでした。私には旅行がめずらしかったものですから、それで少し浮き浮きしていたというところもあったのでしょう。あわれな話ですね。若い花やかなインスピレエションが欲しさに、私は大しくじりを致しました。最初の晩、ごはんのお給仕に出た女中は二十七八歳の、足を＊外八文字《そとはちもんじ》にひらいて歩く、横に広いからだのひとでした。眼が細く小さく、両頰は真赤でおかめの面《めん》のようでありました。何を考えているのか、どういう性格なのか、よくわからないような人でありました。私は、宿の客が多いか、何月ごろが一ばんいそがしいか、そうか、ねえさんは此《こ》の土地の人か、そうか、などと少しも知りたくない事ばかりを無理してお義理に質問しては、女中が答えないさきから首肯《うなず》いたりしていました。女中は聞かれた事だけを、はっきり一言で答えて、他には何も言いません。ぶあいそな女中でした。私は退屈しました。ちっとも話題が無くなりました。私は重くるしくなりました。二本目のお銚子《ちょうし》にとりかかった時、どういう風の吹き廻しか、ふいと坂田藤《とう》＊十郎《じゅうろう》の事が思い浮んだのです。芸に行きづまり一夜いつわりの恋をしかけて、やっとインスピレエションを得た。わるい事だが、芸のためには、やむを得まい。私も実行しよう。すぐに屹《き》っと眉《まゆ》を挙げて、女中さん、と声の調子を変えて呼びかけました。君を好きなんだ、とか何とか自分でも呆れるくらい下手な事を言って、そっと女中の手を握ろうとしたら、ひどい事になりました。女中は、「何しるでえ！」と大声で叫んで立ち上り、けもののような醜いまずい表情をして私を睨《にら》み、「あてにならねえ。非常時だに。」と言いました。私は胆《きも》のつぶれるほどに驚倒《きょうとう》し、それから、不愉快になりました。「自惚《うぬぼ》れちゃいけない。誰が君なんかに本気で恋をするものか。」と私も、がらりと態度を改めて言ってやりました。「ためしてみたのだ。むかし坂田藤十郎という偉い役者がいてね、」と説明しかけたら、また大きな声で、「いい加減言うじゃあ。寄るな！　寄るな！」とわめいて両手を胸に当て、ひとりで身悶《みもだ》えするのですが、なんとも、まずい形でした。私は酔いも醒《さ》め、すっかりまじめな気持になってしまって、「誰も君に寄りゃしないじゃないか。坐り給え。僕が悪かったよ。銃後《じゅうご》の女性は皆、君のようにしっかりしていなければいけないね。」などと言ってほめてやりましたが、女中は、いかにも私を軽蔑し果てたというように、フンと言って、襟《えり》を掻き合せ、澄まして部屋から出て行きました。私は残ったお酒をぐいぐい呑み、ひとりでごはんをよそって食べましたが、実にばからしい気持でした。藤十郎が、こんなひどい目に遇《あ》うとは、思いも設けなかった事でした。とかく、むかしの伝説どおりには行かないものです。「何しるでえ！」には、おどろきました。インスピレエションも何もあったものではありません。これでは藤十郎のほうで、くやしく恥ずかしくて形がつかず、首をくくらなければなりません。その夜、お膳《ぜん》を下げに来たのも、蒲団《ふとん》を伸べに来たのも、あの外八文字ではありませんでした。痩せて皮膚《ひふ》のきたない、狐《きつね》のような顔をした四十くらいの女中でした。この女中までが私を変に警戒しているようなふうなので、私は、うんざりしました。あの外八文字が、みんなに吹聴《ふいちょう》したのに違いありません。その夜は私も痛憤《つうふん》して、なかなか眠れぬくらいでしたが、でも、翌《あく》る朝になったら恥ずかしさも薄らいで、部屋を掃除しに来た外八文字に、ゆうべは失敬、と笑いながら軽く言う事が出来ました。やっぱり男は四十ちかくになると、羞恥心《しゅうちしん》が多少麻痺《まひ》して図々しくなっているものですね。十年前だったら、私はゆうべもう半狂乱で脱走してしまっていたでしょう。自殺したかも知れません。外八文字は、私がお詫《わ》びを言ったら、不機嫌《ふきげん》そうに眉をひそめてちょっと首肯きました。たいへん、もったいぶっています。私は、もう此《こ》の女とは一言も口をきくまいと思いました。実に、くだらない。きのうは一日一ぱい、寝ころんで聖書を読んでいました。夜も、お酒は呑みませんでした。ひとりで渓流の傍の岩風呂にからだを沈めて、*心まずしきものは幸いなるかな、心まずしきものは幸いなるかな、となんども呟いてみましたが、そのうちに大きい声で、いい仕事をしろ、馬鹿野郎、いい仕事をしろ、馬鹿野郎と言うようになりました。それから、小さい声で、いい仕事の出来るように、いい仕事の出来るように、と呟いて、ひどく悲しくなって真暗い空を仰いで、もっとうんと小さい声で、いい仕事をさせて下さい、と囁《ささや》くように言いました。渓流の音だけが物凄《ものすご》くて、——渓流の音と言えば、すぐにきょうのお昼の失敗を思い出し、首筋をちぢめます。実は、きょうのお昼に、また一つ失敗をしたのです。けさ私は、岩風呂でないほうの、洋式のモダン風呂のほうへ顔を洗いに行って、脱衣場の窓からひょいと、外を見るとすぐ鼻の先に宿屋の大きい土蔵《どぞう》があってその戸口が開け放されているので薄暗い土蔵の奥まで見えるのですが、土蔵の窓から桐《きり》の葉の青い影がはいっていて涼しそうでした。女が坐っているのです。奥に畳が二枚敷かれていて、簡単服を着た娘さんが、その上にちゃんと行儀よく坐って縫《ぬ》いものをしているのでした。悪くないな、と思いました。丸顔で、そんなに美人でもないようですが、でも、みどりの葉影を背中に受けてせっせと針仕事をしている孤独の姿には、処女の気品がありました。へんに気になって、朝ごはんの時、給仕に出て来た狐の女中に、あの娘さんは何ですか、とたずねてみました。狐の女中は、にこりともせず、あれは近所のお百姓の娘さんで毎日あそこで宿の浴衣《ゆかた》や蒲団を繕《つくろ》っているのです、いいひとが出征《しゅっせい》したので此頃《このごろ》さびしそうですね、と感動の無い口調で言って、私の顔をまっすぐに見つめて、こんどは、あの人に眼をつけたのですか、と失敬な事まで口走るので、私も、むっとしました。すくなくとも君たちよりは上等だね、と言ってやろうかと思いましたが、怺《こら》えて、ただ苦笑して見せました。お昼頃、廊下の籐椅子に腰かけて谷底の渓流を見おろしていたら、釜《かま》が淵《ふち》という、一丈くらいの小さい滝の落ちているあたりに女の人が、しゃがんでいるのにふと気が附いて、よくよく見ると、どうもあの土蔵のひとのようなので、私は、いたたまらなくなりました。淋しそうな人の姿を見ると、私は、自分に何も出来ないのがわかっていながら、何かしてやりたくて、てんてこ舞いしてしまうのです。とても、じっとして居られなくなります。私は立ち上り、浴衣をちゃんと着直して、ハンケチで顔の油を拭《ぬぐ》い、そうして鞄の中から財布を取り出して懐に入れました。私は旅馴れていないせいか、財布が気になってなりません。部屋を出る時は、トイレットへ行く時でも、お風呂へ行く時でも、散歩に出る時でも、かならず懐へ入れて出ます。お金が惜しいというわけではなく、無くなった時、いろいろ騒ぎになる、その騒ぎがいやなのです。私は岩風呂へ降りて行って、そこからスリッパのままで釜が淵のほうへぶらぶら何気なさそうに歩いて行きました。女の尻を追い廻す、という最下等のいやな言葉が思い浮びましたが、私の場合は、それとちがうのだというような気もして、そんなに天の呵責《かしゃく》も感じませんでした。なんとかして一言、なぐさめてやりたかったのです。女の人は、私のほうをちらと見て、立ち上りました。私はここぞと微笑して、「毎日たいへんですね。」と言ってやりました。女は、え？　と聞き直すように小頸《こくび》をかしげて私のほうを見て、当惑そうに幽かに笑いました。聞えないのです。急湍《きゅうたん》は叫喚《きょうかん》し怒号《どごう》し、白く沸々《ふつふつ》と煮えたぎって跳奔している始末なので、よほどの大声でなければ、何を言っても聞えないのです。私は、よほどの大声で、「毎日たいへんですね！」と絶叫しました。けれども、やっぱり奔湍の叫喚にもみくちゃにされて聞えないのです。女は、いよいよ当惑そうに眼をぱちぱちさせて、笑っています。私は、やけくそになって吠《ほ》えるようにもういちど、「毎日たいへんですね！」と叫びましたが、女は、やはり、え？　と聞き直すように、私の顔を見つめます。私は、しょげてしまいました。毎日たいへんですねという言葉そのものが、いったい何の事やら、わけがわからない、ばからしいもののような気がして来て、不機嫌にさえなりました。私はあきらめて岩にくだけて躍《おど》る水沫をしばらく眺め、それから帰りました。部屋へ帰ってから財布が懐に無い事に気が附きうろたえました。きっと釜が淵のあたりに落したのだ。そうして、あの女に拾われてしまったのだと、なぜだか電光の如《ごと》くきらりと思い込んでしまいました。きっとあの人には盗癖があって、拾っても知らぬ振りをしているのだ。あんな淋しそうな女には、意外にも盗癖があるものだ。けれども私は、ゆるしてやろう。などと少しロマンチックな興奮を取り戻して、部屋を出てまた岩風呂のほうへ降りて行く途中で、その財布が私の浴衣の背中のほうに廻っているのを発見して、しんから苦笑しました。私は、ラヴ・ロマンスをあきらめます。「五十円」という題の貧乏小説を書こうと思います。五十円持って旅に出たまずしい小心者が、そのお金をどんな工合《ぐあ》いに使用したか、汽車賃、電車賃、茶代、メンソレタム、*一銭の使途もいつわらず正確に報告する小説を書こうと思います。

ふざけた事ばかりを書きました。きょうは女房から手紙が来ました。御自重下《ごじちょう》さい、と書かれていましたので、げっそり致しました。しづ子(私のひとり娘です。五歳になります。)もおとなしくお留守番をしています、とも書かれていました。どうしても、ここで一篇、小説を書かなければ、家へも面目なくて帰れない気持です。毎日こんな、だらしない事では、どう仕様もございません。

どうやら今夜の手紙も、しどろもどろ(あなたの言葉で言えば、嘘だらけ)の手紙になりました。かなぶんぶんが、次から次と部屋へはいって来て、どうも落ちついて書けませぬ。この部屋は、この宿のうちで最下等の部屋のようであります。襖《ふすま》の絵が、全然なっていません。一本の梅の枝に、鶯《うぐいす》が六羽ならんでとまっている絵があります。見ていると、腹が立って来ます。ひどい絵です。

だらだら勝手な事ばかり書いて来ました。いちいちお読み下さったとしたら恐縮です。でも、もう怒らないで下さい。あなたは、すぐ怒るからいけません。もう、あんな長い堂々のお手紙ばかりはごめんですよ。

ご存じですか？　私は、あなたとこんな手紙の往復が出来て、幸福なんですよ。私は、二十も若くなりました。草々頓首。

七月七日深夜。

木戸一郎

井原退蔵様

木戸君。

やっぱり自分のほうが、君より役者が一枚上だと思った。君は、なんのかんのと言いながらも、とにかく仕事をはじめる気になったじゃないか。自分の長い手紙も、決してむだではなかったのです。作家は、仕事をしなければならぬ。ひょっとしたら自分も、二三日中に旅に出る事になるかも知れない。その時には君の宿へも立ち寄ってみたいと思っている。面白い宿です。外八文字は、案外、君に気があるのかも知れぬ。もういちど話かけてみたら、どうですか。不取敢《とりあえず》、短い葉書を。不一。

七月九日

井原退蔵

謹啓。

しばらく御無沙汰《ごぶさた》して居りました。仕事を一段落させてから、ゆっくりお礼やらお詫びやらを申し上げようと思って、きょうまで延引してしまいました。おゆるし下さい。言いにくい事から、まず申し上げますが、あの温泉宿の支払いをお助け下さって、ありがとう存じます。たしか二十円お借りしたと覚えて居りますが、小為替《こがわせ》にて同封して置きましたから、よろしくお願い致します。私も「へちまの花」の印税がはいったばかりのところですからお金持であります。お気を悪くなさらず笑ってお納め下さい。貧乏していると、へんに片意地になるもので、どんな親しい人からでも、お金の世話になりたくないものです。はばかりながら人に不義理はしていねえ、という事だけが、せめてもの唯一の誇りのようであります。その誇り一つで生きているものです。どうか、お怒りなさらず、お納め下さい。あの山の中の、つまらぬ温泉宿に、あなたがおいでになったと女中から通知された時には、私は思わず、ひえっ！という奇妙な叫び声を挙げました。あなたもずいぶん滅茶《めちゃ》なひとだと思いました。お葉書に書いてはございましたが、まさかと思って、少しもあてにはしていなかったのです。あなたの年代の作家たちは、へんに子供みたいに正直ですね。私は呆れて、立ち上ったら、「ひでえ部屋にいやがる。」と学生みたいな若い口調で言って、のっそり私の部屋へはいって来られた。思っていたよりも小柄で、きれいなじいさんでした。白い歯をちらと見せて笑って、「鶯が六羽いるというのは、この襖か。なるほど、六羽いる。部屋を換えたまえ。」とせかせか言いました。あなたは、あの時、てれていたのではないでしょうか。てれがくしに、襖の絵の事などおっしゃったのではないでしょうか。私が意味もなく、「はあ」と言ってお辞儀をしたら、あなたも、ぎゅっとまじめになって、「僕は井原です。仕事の邪魔《じゃま》になったようですね。」と、はじめて、あなたの文章と同じ響きの、強い明快の調子で言いました。

「いいえ、それどころか。」私は、てんてこ舞いをしていました。そうして、えへへ、と実に卑しいお追従笑《ついしょうわら》いをしたようです。本当に、仕事の邪魔どころか、私は目がくらんで矢庭《やにわ》に倒立《さかだ》ちでもしたい気持でした。私はあの日、もう東京へ帰ろうかと思っていたのです。一週間も滞在して、いちまいも書けず、宿賃が一泊五円として、もうそろそろ五十円では支払いが心細くなっていますし、きょうあたり会計をしてもらって、もし足りなかったら家へ電報を打たなければなるまい、ばかな事になったものだと、つくづく自分のだらし無さに呆れて、厭気がさしていた矢先に、霹靂《へきれき》の如《ごと》くあなたが出現なさったので、それこそ、実感として「足もとから鳥が飛び立った」ような、くすぐったい、尻餅《しりもち》をついてみたい程《ほど》の驚きを感じたのです。

それから二日間、あの宿で、あなたと共に起居して、私は驚嘆の連続でした。なんという達者なじいさんだろうと、舌を巻いた。けれども私は、一度も不愉快を感じませんでした。とても豊富な明朗なものを感じました。外八文字も、狐も、あなたに対してはまるで処女の如《ごと》くはにかみ、伏目になっていかにも嬉しそうにくすくす笑ったりなどするので、私は、あなたの手腕の程に、ひそかに敬服さえ致しました。やはり、あなたは都会の人で、そうして少し不良のお坊ちゃんの面影《おもかげ》をどこかに持って居られました。けれども私には、それに依《よ》って幻滅を感ずるどころか、かえって悲しくなつかしく、清潔なものをさえ感じました。あなたは臆するところ無く遊びます。周囲の思惑を少しも顧《こ》慮《りょ》せず、それこそ、ずっかずっか足音高く遊びます。そうして遊びの責任を、遊びの刑罰を、ちゃんと覚悟して、逃げも隠れもせず平然たるものがあります。一言の弁明も致しません。それゆえ、あなたの大胆な遊びは、汚れがなくて綺麗《きれい》に見えます。私たちは、いつでもおっかなびっくりで、心の中で卑怯な自問自答を繰りかえし、わずかに窮余《きゅうよ》のへんてこな申し開きを捏造《ねつぞう》し、責任をのがれ、遊びの刑罰を避けようと致しますから、ちょっとの遊びもたいへんいやらしく、さもしく、けちくさくなってしまいます。五十を越えたあなたのほうが、三十八歳の私よりも、ずっと若くて颯爽《さっそう》としているという事実は、私にとって、たしかに驚異でありました。あなたと私のこんな違いは、お金持と貧乏人という生活の懸隔《けんかく》から起ったのでは無く、あなたが之《これ》まで幾十度と無く重大の命の危機を切り抜けて生きて来たという事から起ったのだ。あなたはいつでも、全身で闘っている。全身で遊んでいる。そうして、ちゃんと孤独に堪えている。私は、あなたを、うらやましく思います。

いかに努めても、決して及ばないものがある。猪《いのしし》と熊《くま》とが、まるっきり違った動物であるように、人間同志でも、まるっきり違った生きものである場合がたいへん多いと思います。猪が、熊の毛の黒さにあこがれて、どんなにじたばたしたって、決して熊にはなれません。私は、あきらめました。二日あなたのお傍《そば》で遊ばせていただき、あなたに、あまり宿賃のお世話になるのも心苦しい事でしたので、私だけ先に、失礼して帰京いたしましたが、あなたは、あれから、信州のほうへお廻りになるとか、おっしゃって居られましたけれど、もうそろそろ涼しくなってまいりましたから、御帰京なさって居られる頃と存じます。

夢のような気が致します。二十年間、一日もあなたの事を忘れず、あなたの文章は一つも余さず読んで、いつもあなた一人を目標にして努力してまいりましたが、一夜の興奮から、とうとう手紙を差し上げ、それからはまるで逆上したように遮二無二《しゃにむに》あなたに飛び附いて、叱《しか》られ、たたかれても、きゃんきゃん言ってまつわり附いて、とうとうあなたと温泉宿で一緒に遊ぶという程《ほど》の意外な幸福を得たという事は、いま思うと悲しい夢のような気がするのです。私は狂っていたのかも知れません。ずいぶん失礼な手紙も差し上げたような気がします。私のそんな半狂乱の手紙にも、いちいち長い御返事を下さった先生の愛情と誠実を思うと、目が熱くなります。だんだん先生とお呼びしても、自分の気持に不自然を感じなくなりました。もう私の気持が、浪の引くように、あなたから遠くはなれてしまっているのかも知れません。旅行から帰って、少しずつ仕事をすすめているうちに、私はあなたに対して二十年間持ちつづけて来た熱狂的な不快な程のあこがれが綺麗さっぱりと洗われてしまっているのに気が附きました。胸の中が、空《から》のガラス瓶《びん》のように涼しいのです。あなたの作品を、もちろん昔と変らず、貴いものと思って居ります。けれども、その貴さは、はるか遠くで幽かに、この世のものでないように美しく輝いている星のようです。私から離れてしまいました。私は、これから、こだわらずに、あなたを先生と呼ぶ事が出来そうです。あなたは大事なおかたです。尊敬とは、こんな侘《わ》びしい感情を指して言うのでしょうか。私は、あなたに甘える事が、どうしても出来なくなりました。あなたは、生れながらの「作家」でした。私には、野暮《やぼ》な俗人というしっぽが、いつまでもくっついていて、「作家」という一天使に浄化する事がどうしても出来ません。

私のいまの仕事は、旧約聖書の「出《しゅつ》エジプト記」＊の一部分を百枚くらいの小説に仕上げる事なのです。私にとっては、はじめての「私小説」で無い小説ですが、けれども、やっぱり他人の事は書けません。自分の周囲の事を書いているのです。いままでの小説の形式に行きづまって、うんざりして、やっとこんな冒険の新形式を試みる事になったのですが、どうやら、きょうで物語の三分の二まで漕《こ》ぎつけて調子も出て来たようですから、少し、ほっとしているのです。ちらと青空も見えて来ました。ぎりぎりに行きづまって、くるしまなければ、いつまで経っても青空を見る事が出来ないのだ、いまは、かえって、きのう迄《まで》の行きづまりに感謝だ、などと甘い感慨にふけっている形なのです。私は無学で、本当に何一つ知らないのですが、でも、聖書だけは、新聞配達をしている頃から、くるしい時には開いて読んで居りました。一時、わすれていたのですが、こんど、あなたから、「エホバを畏るるは知識の本なり。」という箴言《しんげん》を教えていただいて愕《がく》然《ぜん》としたのでした。ずいぶん久しい間、聖書をわすれていたような気がして、たいへんうろたえて、旅行中も、ただ聖書ばかりを読んでいました。自分の醜態《しゅうたい》を意識してつらい時には、聖書の他には、どんな書物も読めなくなりますね。そうして聖書の小さい活字の一つ一つだけが、それこそ宝石のようにきらきら光って来るから不思議です。あの温泉宿で、ただ、うろうろして一枚の作品も書けず、ひどく無駄をしたような気持でしたが、でも、いまになって考えると聖書を毎日読んだという事だけでも、たいへん貴重な旅行であったのかも知れません。聖書を思い出させて下さったのも、また、私に旅行をすすめて下さったのも、すべてあなたであります。やはり私は、あなたに苦しさを訴えてよかったのかも知れません。私は、あなたに救われたのです。いよいよ私は、あなたに甘える事が出来ません。真の尊敬というものは、お互いの近親感を消滅させて、遠い距離を置いて淋しく眺め合う事なのでしょうか。私は今は、生れてはじめて孤独です。

「出エジプト記」を読むと、モーゼの努力の程《ほど》が思いやられて、胸が一ぱいになります。神聖な民族でありながらもその誇りを忘れて、エジプトの都会の奴隷《どれい》の境涯に甘んじ貧民窟《ひんみんくつ》で喧噪《けんそう》と怠惰の日々を送っている百万の同胞に、エジプト脱出の大事業を、「口重く舌重き」ひどい訥弁《とつべん》で懸命に説いて廻ってかえって皆に迷惑がられ、それでも、叱ったり、なだめたり、怒鳴《どな》ったりして、やっとの事で皆を引き連れ、エジプト脱出に成功したが、それから四十年間荒野にさまよい、脱出してモーゼについて来た百万の同胞は、モーゼに感謝するどころか、一人残らずぶつぶつ言い出してモーゼを呪《のろ》い、あいつが要らないおせっかいをするから、こんな事になったのだ、脱出したって少しもいい事がないじゃないか、ああ、思えばエジプトにいた頃はよかったね、奴隷だって何だって、かまわないじゃないか、パンもたらふく食べられたし、肉鍋には鴨《かも》と葱《ねぎ》がぐつぐつ煮えているんだ、こたえられねえや、それにお酒は昼から飲み放題と来らあ、銭湯は朝からあったし、ふんどしだって純綿だったぜ。「我儕《われら》エジプトの地に於《お》いて、肉の鍋の側に坐り、飽《あく》までにパンを食《くら》いし時に、エホバの手によりて、死にたらばよかりしものを、」(十六章三)あの頃、死んだ奴は仕合せさ、モーゼの山師めにだまされて、エジプトから出たばっかりに、ひでえめに逢っちゃった、ちっともいい事ねえじゃねえか。「汝はこの曠野《あらの》に我等を導きいだして、この全会を飢《うえ》に死なしめんとするなり。」と思いきり口汚い無智《むち》な不平ばかりを並べられて、モーゼの心の中は、どんなであったでしょう。荒野に於《お》ける四十年の物語は、このような奴隷の不平の声で充満しています。モーゼは、けれども決して絶望しなかったのです。鉄石の義心は、びくともせず、之《これ》を叱咤し統御し、ついに約束の自由の土地まで引き連れて来ました。モーゼは、ピスガの丘の頂《いただ》きに登って、ヨルダン河の流域を指差し、あれこそは君等の美しい故郷だ、と教えて、そのまま疲労のために死にました。四十年間、私は奴隷の一日として絶える事の無かった不平の声と、謀反《むほん》、無智、それに対するモーゼの惨憺《さんたん》たる苦心を書いて居ります。是非とも終りまで書いてみたいのです。なぜ書いてみたいのか、私には説明がうまく出来ませんが、本当に、むきになって、これだけは書いて置きたい気がしています。いつか温泉の宿から、「五十円」という小説を書きます等と、ふざけた事を申し上げましたが、恥ずかしい気が致します。いつまでも、あんなテエマで甘えていたら、私は、それこそ奴隷の中の一人になります。肉鍋の傍に大あぐらをかいて、「奴隷の平和」をほくほく享《きょう》楽《らく》しているのも、まんざら悪くない気持で、貧乏人の私には、わかり過ぎる程《ほど》わかっているのですが、でもモーゼの義心と焦慮《しょうりょ》を思うと、なまけものの私でも重い尻を上げざるを得なくなります。

少し興奮しすぎたようです。きょうは朝から近頃に無く気持がせいせいしていて慾《よく》も得《とく》も無く、誰をも怨まず、誰をも愛さず、それこそ心頭滅却に似た恬淡《てんたん》の心境だったのですが、あなたに話かけているうちに、また心の端が麻《あさ》のように乱れはじめて、あなたの澄んだ眼と、強い音声が、ともすると私の此《こ》の手紙の文章を打ち消してしまいそうなので、私は片手で、あなたの眼と言葉を必死に払いのけながら、こちらも負けじと一字一字ちからをこめて書いて、いつのまにやら、たいへん興奮して書いていました。

私のいまの小説は、決して今のこの時代の人たちへの教訓として書いているのではありません。とんでも無い事です。人に教えたり、人に号令したりする資格は、私には全然ありません。いや、能力が無いのです。私はいつでも自分の触覚した感動だけを書いているのです。私は単純な、感激居士《こじ》なのかも知れません。たとい、どんな小さな感動でも、それを見つけると私は小説を書きたくなったものですが、このごろ私の身辺にちっとも感動が無くなって完全に一字も書けなくなっていたところを聖書が救ってくれました。私には何も、わかりません。世の中の見透しなども出来ません。私は貧しい庶民です。けれども自分ひとりの感動の有無だけは、いつでも正直に表現していたいと思っています。私は、エホバを畏れています。

どうも私は、立派そうな事を言うのが、てれくさくていけません。モーゼほどの鉄石の義心と、四十年の責任感とを持っているのならとにかく、私の心の高揚は、その日のお天気工合等に依《よ》って大いに支配されているような有様ですから、少しもあてになりません。大声で宣言しかけては狼狽しています。七月の末から雨がつづいて、インク瓶にまで黴《かび》が生えて薄気味《うすきみ》わるい程《ほど》でしたが、やっと久し振りでいいお天気になりました。けれども風が涼しく、そろそろ秋が忍び寄って来ているのがわかりますね。きょうはこれから庭の畑の手入れをしようと思っています。トーモロコシが昨夜の豪雨で、みんな倒れてしまいました。

雨が永くつづいたせいか、脚がまた少しむくんで来たようで、このごろは酒もやめて居ります。温泉は、脚気の者にあまりよくないようです。早くよくなって、また二、三合の酒を飲めるようになりたいと思います。お酒を飲まないと、夜、寝てから淋しくてたまりません。地の底から遠く幽かに、けれどもたしかに誰かの切実の泣き声が聞えて来て、おそろしいのです。

そのほか私の日常生活に於《お》いて変った事は、何もございません。すべてが、もとのままであります。心は、いつも動いているのですけれど。

あなたのところへ、こんな長い手紙を差し上げるのも、これが最後かと思われます。あなたに対する一すじの尊敬の心は絶えず持ちつづけているつもりでありますが、あなたを愛し、或いは、あなたに甘える事が出来なくなりました。なぜだか出来なくなりました。私は、あなたの路とはっきり違う路を歩きはじめているようです。あなたは、美しい作家です。水蓮《すいれん》のように美しい。私はその美しさを一生涯わすれる事が無いでしょう。けれども私は、その水蓮の咲いている池から、少しずつ離れて行きます。私は、面《おもて》を伏せて歩いているけもののようです。私には美学が無いのです。生活の感傷だけです。私は、これから、いよいよ野暮な作品ばかり書いて行くような気がします。なんだか、深く絶望したものがあります。

あなたからいただいたお手紙は、生涯大事に、離さずに、しまって置きます。たくさん、おゆるし下さい。再拝。

八月十六日　　木戸一郎

井原退蔵様

拝復。

何が何やら、わからぬ手紙をもらいました。二十円は、たしかに受け取りました。自分だって、君にお金を差し上げるなど失礼な事を考えていたのではない。返して頂くつもりでありました。それに、自分は、お金があり余って処置に窮するほどの金満家でもありませんから、返してもらって助かりました。君たちは本当にせぬかも知れぬが、自分の家では、昔からの借銭が残って月末のやりくりは大変であります。どっちの方が貧乏人なのか、わかったものでない。君は、二言目には、貧乏、貧乏といって、悲壮がっているようだが、エゴの自己防衛でなかったら幸いだ。人に不義理はしていねえ、という事が唯一の誇りだとか言っているが、無理なつき合いはしたくねえ、というケチな言葉も、その裏にありはしないか。自分は、貧乏人根性は、いやだ。いじいじして、人の顔色ばっかり覗《のぞ》いている。自分は君に、尊敬なんか、してもらいたくなかった。お互い、なんの警戒も無しに遊びたかったのです。それだけだ。

君は、愛情のわからぬ人だね。いつでも何か、とくをしようとしていらいらしている、そんな神経はたまらない。人に手紙を出すのも、旅行するのも、聖書を読むのも、女と遊ぶのも、井原と冗談を言い合うのも、みんな君の仕事に直接、役立つようにじたばた工夫しているのだから、かなわない。そんなに「傑作」が書きたいのかね。傑作を書いて、ちょっと聖人づらをしたいのだろう。馬鹿野郎。

自分は君に、「作家は仕事をしなければならぬ。」と再三、忠告した筈《はず》でありました。それは決して、一篇の傑作を書け、という意味ではなかったのです。それさえ一つ書いたら死んでもいいなんて、そんな傑作は、あるもんじゃない。作家は、歩くように、いつでも仕事をしていなければならぬという事を私は言ったつもりです。生活と同じ速度で、呼吸と同じ調子で、絶えず歩いていなければならぬ。どこまで行ったら一休み出来るとか、これを一つ書いたら、当分、威張《いば》って怠《なま》けていてもいいとか、そんな事は、学校の試験勉強みたいで、ふざけた話だ。なめている。肩書や資格を取るために、作品を書いているのでもないでしょう。生きているのと同じ速度で、あせらず怠《おこた》らず、絶えず仕事をすすめていなければならぬ。駄作だの傑作だの凡作だのというのは、後の人が各々の好みできめる事です。作家が後もどりして、その評定に参加している図は、奇妙なものです。作家は、平気で歩いて居ればいいのです。五十年、六十年、死ぬるまで歩いていなければならぬ。「傑作」を、せめて一つと、りきんでいるのは、あれは逃《に》げ仕度《じたく》をしている人です。それを書いて、休みたい。自殺する作家には、この傑作意識の犠牲者が多いようです。

君が、このごろまた仕事をはじめるようになったというのは、自分にとっても力強い事でした。絶えず、仕事をつづけなければならぬ。けれども、その、モーゼの一篇で君の危機が全部、切り抜けられると思ったら、間違いです。一篇の小説で、勝負をきめようという意識は捨てなさい。自分たちは、ルビコン河*を渡る英雄ではないのです。こんどの君の小説は、面白そうです。四十年の荒野の意識は、流石《さすが》に、たっぷりしています。君の感興を主として、闊達《かったつ》に書きすすめて下さい。君ほどの作家の小説には、成功も失敗も無いものです。

あの温泉宿の女中さん達は、自分の拝見したところに依《よ》ると、君をたいへん好いているようでしたね。けれども君の手紙に依れば、君は散々の恥辱を与えられたという事になって居りました。嘘ばかり言っている。君は、ことさらに自分を惨《みじ》めに書く事を好むようですね。やめるがよい。貯金帳を縁の下に隠しているのと同じ心境ですよ。あの、蔵の中の娘さんとも、君は毎晩、散歩していたそうじゃないか。女中さん達が、そう言っていたぜ。キスくらいは、したんじゃないか。なるほど、君たちの遊びは、いやらしい。

もう自分に手紙を寄こさないそうだが、自分は、なんとも思わない。友情は、義務でない。また手紙を寄こしたくなったら、寄こすがよい。要するに、自分は、君の言う事を、信用しない事にする。君の言ってる事が、わからないのです。

はっきり言うと、自分は、あの温泉宿で君と遊んで、たいへんつまらなかった。君はまだ、作家を鼻にかけている。そうして、井原と木戸を、いつでも秤《はかり》にかけて較べてみていました。つまらない。

あんまり悪口を言うと、君がまた小説を書けなくなるといけないから、最後に一つだけ、君を歓《よろこ》ばせる言葉を附け加えます。

「天才とは、いつでも自身を駄目だと思っている人たちである。」

笑ったね。匆々《そうそう》。

昭和十六年八月十九日　　井原退蔵

木戸一郎様

注（作品名の下に初出を示す。〔新〕は新約聖書、〔旧〕は旧約聖書を示す）

駈込み訴え（「中央公論」昭和一五〈一九四〇〉年二月）

一〇頁　**狐《きつね》には穴あり…**　〔新〕マタイ福音書8章20節ほかを踏まえる。「人の子」とはイエスのこと。定住する場所もない自分についてくる気はあるか、と弟子に覚悟を問う言葉。

一〇頁　**ヤコブ、ヨハネ、アンデレ、トマス**　直前にあるペテロ、のちに登場するシモン、バルトロマイ、ピリポも含め、いずれも「十二使徒」と呼ばれるイエスの高弟たち。

一一頁　**五つのパンと魚が二つ…**　〔新〕マタイ福音書14章15～21節ほかを踏まえる。

一一頁　**吝嗇《りんしょく》**　けちなこと。「吝」も「嗇」も、物惜しみする、の意。

一三頁　**寂しいときに、寂しそうな面容《おももち》をする**　〔新〕マタイ福音書6章16～18節ほかを踏まえる。

一四頁　**欣喜雀躍《きんきじゃくやく》**　「欣」は喜ぶ、の意。大いに喜び、小躍りすること。

一四頁　**おのれを高うする者は…**　〔新〕マタイ福音書23章12節ほかを踏まえる。自分を高く見せようとする者は低く見られ、へりくだる者は名誉を受ける、の意。

一五頁　**ベタニヤ**　エルサレム（後出「エルサレム」の注を参照）近郊の地名。

一五頁　マルタ　〔新〕ヨハネ福音書11章によれば、マルタとマリア（本文ではマリヤ）は姉妹。その兄弟のラザロが死んだ時、嘆く姉妹を見て、イエスがラザロを復活させたという。

一五頁　ナルドの香油《こうゆ》　ナルドはインド原産のオミナエシ科の植物。根から採る油は香りが強く、珍重された。マリアのイエスに対する心からの感謝と奉仕の意を伝える挿話。〔新〕マタイ福音書26章6～13節、〔新〕マルコ福音書14章3～9節、〔新〕ルカ福音書7章36～50節、〔新〕ヨハネ福音書12章1～8節ほかを踏まえる。ちなみに唯一ヨハネ福音書では、女の名はマリアでその行為を批判したのはユダである、となっている。

一五頁　デナリ　通貨の単位で、一デナリは、ほぼ一日分の労賃に匹敵。

一九頁　凡夫《ぼんぷ》　平凡な人。仏教では悟りを得ていない人物の総称として用いる。

一九頁　エルサレム　池中海東岸のパレスチナ地方にある都市。旧市街はユダヤ教、イスラム教、キリスト教の聖地として知られ、イエスが布教し、処刑され、復活した地でもある。

一九頁　シオンの娘よ…　〔旧〕ゼカリヤ書9章9節の内容を踏まえ、キリストがシオン（エルサレムの別名）に来ることを予言した文言。新約聖書ではマタイ福音書21章5節ほかにも関連する記述がある。イエスはエルサレムに入る折、自身がキリストであることを示すため、予言通り、卑しいとされる驢《ろ》馬《ば》の子に乗って現れたとされる。

一九頁　過越《すぎこし》　ペサハ（ヘブライ語）とも言う。ユダヤ教の宗教記念日。

一九頁　ダビデの御子《みこ》　ダビデは旧約聖書に登場する古代イスラエル王国第二代の王（二一〇頁の注を参照）。新約聖書では、イエスはダビデの再来として、「ダビデの子」（子孫の意）と称される。

二〇頁　**ダビデの子にホサナ…**　〔新〕マタイ福音書21章9節ほかを踏まえる。「ホサナ」は「救い給え」という意味で、神に祈り、神を賛美する言葉。
二一頁　**全部、宮から追い出して…**　〔新〕ヨハネ福音書2章15節ほかを踏まえる。イエスは商人らを追い出して宮を清め、三日のうちにこれを立て直したとされる。
二二頁　**禍害《わざわい》なるかな、偽善なる学者、パリサイ人よ…汝らは好まざりき**　〔新〕マタイ福音書23章25、27〜28、33、37節の文言を要約したもの。「パリサイ人」はユダヤ教の一派の人々で、キリスト教を迫害した。ゲヘナはエルサレム近郊の谷の名で、ここで生け贄《にえ》を捧げたところから、聖書では「地獄」の意で用いられる。
二三頁　**饑饉《ききん》がある…**　〔新〕マタイ福音書24章4〜51節ほかにある、終末の日の予言を踏まえた表現。
二三頁　**大祭司カヤパの中庭に…銀三十を与える**　〔新〕マタイ福音書26章3〜5、14〜16節ほかを踏まえる。カヤパはイエス処刑の最高責任者であった。
二四頁　**足を順々に洗って…**　弟子たちの足を洗い、「よく私の言うことを聞いて忘れぬようになさい」と忠告する場面(二八頁二行目)までは、〔新〕ヨハネ福音書13章4〜17節ほかを踏まえる。
二七頁　**五臓六腑《ごぞうろっぷ》**　漢方で、五つの臓器と六つのはらわたを指す。転じて、体内全体のこと。
二八頁　**音無しく食事を始め…**　以下、二八頁九行目までのイエスの言動は、〔新〕マタイ福音書26章21〜24節ほかを踏まえる。「歔欷《きょき》」はすすり泣くこと。
二八頁　**一つまみのパンを…**　〔新〕ヨハネ福音書13章24〜26節にある発言。
二八頁　**おまえの為すことを…**　〔新〕ヨハネ福音書13章27節を踏まえた表現。

一一九頁　**ケデロン**　キドロンとも。エルサレム東部、旧市街とオリーブ山の間の谷。

一一九頁　**ゲッセマネの園**　エルサレム東部の郊外、オリーブ山にある農園。この地でイエスは十字架にかけられる前日、最後の祈りを捧げたとされる。

一二〇頁　**イスカリオテのユダ**　イエスを裏切った弟子、ユダの通称。イスカリオテはユダの出身地。

走れメロス（「新潮」昭和一五〈一九四〇〉年五月）

一二一頁　**邪智暴虐**《じゃちぼうぎゃく》　「邪智」は悪智恵。「邪智暴虐」は作者の造語。

一二一頁　**シラクス**　シラクサとも。古代ローマの主要都市。シチリア島東南部に位置する。

一二一頁　**竹馬**《ちくば》**の友**　幼なじみ。幼い頃、共に竹馬《たけうま》遊びをしたような親しい友のこと。

一二二頁　**悪心**《あくしん》　悪事をたくらむ心。

一二二頁　**乱心**　逆上し、分別を無くすこと、あるいはその状態。

一二二頁　**反駁**《はんばく》　「駁」は、論じ正す、の意。他者の意見に反論すること。

一二四頁　**下賤**《げせん》**の者**　「賤」はいやしい、の意。身分の低い者。

一二五頁　**奴輩**《やつばら》　他者を卑しめていう言葉。あいつら。

一二八頁　**南無三**《なむさん》　「南無三宝」の略で、「三宝」は仏法で尊ぶべき「仏・法・僧」のこと。救いを求める意から転じ、感嘆詞として用いられるようになった。

一二九頁　**奸佞邪智**《かんねいじゃち》　「奸」も「佞」もよこしまで邪悪、の意。悪知恵のこと。

一四〇頁　**ゼウス**　ギリシャ神話の主神で、すべてを司る全知全能の神。

一四〇頁　**獅子《しし》奮迅《ふんじん》**　獅子がはやり立つような、激しく勇猛なさま。

一四一頁　**韋《い》駄《だ》天《てん》**　仏法の守護神。仏舎利《ぶっしゃり》(釈迦の遺骨)が鬼に盗まれたとき、これを追って取り戻したという伝説から、走るのが極めて速いことの喩《たと》えに用いられる。

一四三頁　**やんぬる哉《かな》**　元は漢文の「已矣哉《やみぬるかな》」。すでに終わり、どうしようもないことだ、の意。

一四四頁　**五臓《ごぞう》**　「駈込み訴え」の「五臓六腑」の注(二〇五頁)を参照。

一四六頁　**言うにや及ぶ**　「や」は反語を表す係助詞。言うに及ぼうか、否、言うまでもない、の意。

一四八頁　**緋《ひ》**　あざやかな赤。

一四九頁　**古伝説と、シルレルの詩から**　シラー(一七五九〜一八〇五)はゲーテと並び称される、ドイツ古典主義時代の詩人。「シルレル」とも表記された。この説話は元々古代ローマの伝承で、同時代のヒュギヌスが翻案し、さらに一七九八年、シラーがバラード(譚詩)「人質」に翻案している。太宰が依拠したのは小栗孝則訳『新編シラー詩抄』(改造文庫、昭和一二年)。「走れメロス」は一部を除き、ほぼ忠実にその内容を踏まえている。

きりぎりす　(「新潮」昭和一五〈一九四〇〉年一一月)

一五一頁　**帝大の法科**　地域的に、ここでは東京帝国大学(現・東京大学)法学部か。

一五四頁　**蓮葉《はすは》**　態度や行動が軽はずみなこと。蓮の葉が水をはじくさまをたとえたことから来た語。

五四頁　千疋屋《せんびきや》　江戸後期創業の高級果物店。東京都日本橋に本店、京橋・銀座等に支店があり、昭和初期には一階を売場、二階をフルーツパーラーとして経営した。

五五頁　淀橋《よどばし》　現在の東京都新宿区西新宿一帯の旧称。新宿発展以前は田園地帯だった。

五五頁　三鷹町《みたかちょう》　現在の東京都三鷹市。昭和一五年に村から町に移行した。

五六頁　額《ひたい》の月桂樹《げっけいじゅ》の冠　古代ギリシャでは、月桂樹（クスノキ科の常緑高木）の枝を輪にして競技の優勝者などに与えたことから、名誉ある地位の証、の意。

五九頁　唯我《ゆいが》独尊《どくそん》　もとは釈迦が降誕して直ちに発したとされる言、「天上天下で正しいのは自分のみである」に由来。そこからよくない意味に転じて、自分一人が優れていると思い込むこと、の意味で用いられる。

六〇頁　二科会《にかかい》　日本の美術団体。文部省美術展覧会（文展）第二部（洋画）に旧派・新派の二科設置を進言するも受け入れられず、大正三（一九一四）年、洋画の新傾向の作品を評価する在野の団体として結成された。現在まで多くの芸術家を輩出している。

六三頁　モオパスサン　モーパッサン（一八五〇〜九三）。フランス自然主義時代の小説家。

六三頁　シャヴァンヌ　一八二四〜九八。フランスの画家。古典的で穏やかな作風で知られる。

六六頁　おいとこそうだよ　「オイトコソーダヨ」というかけ声に始まる民謡を「おいとこ節」と言う。江戸中期に上総《かずさ》・下総《しもうさ》（現在の千葉県・茨城県）の盆踊りから広く伝播し、明治以降もしばしば流行歌となった。ここでは主人公の世俗的な側面を示す。

六六頁　新浪漫派《しんろうまんは》　太宰も属していた、昭和一〇年代の文学者たちのグループ「日本浪曼派」を踏まえたものか。ドイツロマン派の影響を受け、戦時下に若者たちの支持を集めた。

東京八景（「文学界」昭和一六〈一九四一〉年一月）

七一頁　伊豆の南　太宰は昭和一五年七月三日、伊豆半島の静岡県賀茂郡河津町《かわづちょう》にある湯ヶ野温泉に宿泊している。

七二頁　Hという女　モデルは津軽で芸妓《げいぎ》をしていた小山初代《おやまはつよ》。太宰が旧制弘前高等学校在学中に知り合い、昭和五年、太宰を追って上京。生家は分家除籍を条件に結婚を許可、内縁関係にあった。

七三頁　行李《こうり》　旅行用の荷物入れで、竹や柳で編んだ箱。

七三頁　或《あ》る先輩　モデルは井伏鱒二（明治三一〈一八九八〉～平成五〈一九九三〉）。太宰はかねてより井伏の作品を愛読し、昭和五年の上京後に直接師事した。太宰は荻窪《おぎくぼ》、三鷹に住み、荻窪在住の井伏と親しく交際し、井伏もまた、私生活の助言、懸案解決のための助力を惜しまなかった。

七三頁　東京八景　「東京八景」という見立ての背景には、「日本新八景」（昭和二年、「東京日日新聞」「大阪毎日新聞」主催の投票）などの企画があった。

七三頁　万年若衆《まんねんわかしゅ》　歌舞伎で中年になっても若者の役をやっている役者。

七四頁　Fという宿屋　モデルは湯ヶ野温泉の福田屋。川端康成の「伊豆の踊子」（大正一五〈一九二六〉年）の舞台として知られ、太宰もそれを意識していたと思われる。

七六頁　「埋木《うもれぎ》」という小説　森鷗外が「埋木」の名で訳した小説（『水沫集《みなわ》』明治二五年）。原作はドイツの女性作家シュビン（本名キルシュネル、一八五四〜一九三四）。太宰が参照したのは『鷗外全集』（昭和一一〜一四年）、あるいは岩波文庫の『埋木』（昭和二年）か。小説の「第三回」末尾にここに引かれた文言がある。ちなみにこの小説は太宰の「女の決闘」（昭和一五年）にも登場する。

七六頁　すぐ上の兄　太宰には文治、英治、圭治の三人の兄がいたが、モデルは三兄圭治。当時東京美術学校塑像科に在籍していたが、昭和五年六月二一日、結核のため、二八歳で死去した。太宰に大きな芸術的感化を与えたと言われる。

七七頁　辰野隆《たつのゆたか》　明治二一〜昭和一九。東京帝国大学文学部仏蘭西《フランス》文学科で教鞭を執り、日本のフランス文学研究を主導するかたわら、三好達治、小林秀雄ら多くの文学者を育てた。

七七頁　あの日蔭の仕事　当時非合法とされていた共産主義に関わる政治活動。太宰はこの時期、共産党の外郭団体で学生運動に関わっていたとされる。

七七頁　大袈裟《おおげさ》な身振りの文学　大正末期〜昭和八年頃まで文壇で大きな勢力を占めたプロレタリア文学運動を指す。太宰は政治的主張を前面に掲げるプロレタリア文学に対しては批判的であった。

七八頁　銀座裏のバアの女　太宰は昭和五年一一月に銀座のカフェ（当時の「カフェ」は女給が接待し、アルコール類を提供した）「ホリウッド」の女給、田辺あつみ（戸籍名田辺シメ子）と懇意になり、昭和五年一一月、鎌倉腰越町《こしごえまち》の海岸で心中を試みた。あつみは絶命、太宰は一命を取り留めて七里ヶ浜恵風園《けいふうえん》療養所に入院した。この間の事情は「道化の華」（昭和一〇年）ほかの小説の素材にもなっている。

八一頁　少し複雑な問題　当時、太宰は甥の津島逸朗《いつろう》を介し、青森一般労働組合の在京連絡者を務めており、青森県警は生家と連絡を取りながらこの件を捜査していた。これは長兄文治の青森県会議員選挙への再出馬にも関わる問題であり、一方で太宰は昭和六年一月に文治と誓約書を交わし、以後左翼運動に関わらぬ事を条件に生家から仕送りを受けていたので、生活費が差し止めになる可能性もあった。

八一頁 **オラガビイル** 寿屋(現在のサントリーの前身)が昭和五年に発売したビール。

八二頁 **ルソオの懺悔録《ざんげろく》** ルソー(一七一二〜七八)はフランスの思想家、文学者。自叙伝『告白』(一七八二〜八九年)は、ヨーロッパの精神的近代の扉を開いた、ロマン主義文学の先駆けとして知られる。書名は当初「懺悔録」の訳が一般的だった。「細君の以前の事で、苦汁を嘗めた箇所」の該当部分は未詳。庇護者かつ愛人であったヴァランス夫人の愛を、他の若者に奪われた経緯(第一部第六巻末尾付近)を指すか。

八三頁 **自首して出た** 太宰は昭和七年七月、青森警察署に出頭して取り調べを受け、一二月に再び帰郷、青森検事局で、以後、左翼運動の一切から離脱することを誓約した。

八三頁 **「思い出」** 幼少年期を回想した自伝小説。同人誌「海豹《かいひょう》」昭和八年四〜七月号に発表。その後、第一小説集『晩年』(砂子屋書房、昭和一一年)に収録。

八四頁 **蟷螂《とうろう》の斧《おの》** 中国の故事を踏まえる。蟷螂(かまきり)が隆車(大きな車)に斧(前足)を振りあげるように、微力を顧みず、無謀な試みをすることを言う。

八六頁 **狡智《こうち》佞弁《ねいべん》** ずる賢い知恵を働かせ、口先だけでうまく言いつくろうこと。

八八頁 **「青い花」** 太宰、檀一雄、山岸外史《がいし》、中村地平ら、親しい文学者同士で発刊した同人雑誌。

昭和九年一二月に一冊のみを出して終わった。太宰は「ロマネスク」(『晩年』所収)を発表。翌年、大半の同人が保田與重郎《やすだよじゅうろう》らの「日本浪曼派」に合流した。

八六頁 三馬鹿　太宰以外のモデルは檀一雄と山岸外史。いずれも生涯付き合いの深かった文学者で、のちに、檀には『小説太宰治』(六興出版社、昭和二四年)、山岸には『人間太宰治』(筑摩書房、昭和三七年)の著書がある。

八九頁 瞞着《まんちゃく》の陣地　「瞞着」は、だますこと、欺くこと。ここでは肉親をだますために用意した陣がまえ(計略)を言う。

八九頁 鎌倉の山で縊死《いし》を企てた　太宰は昭和一〇年三月、書き置きを残して家を出、鎌倉の鶴岡八幡宮の裏山で縊死(首つり)を企てたが未遂に終わり、四日後に帰宅した。

九〇頁 べエゼ　baiser(フランス語)。接吻《せっぷん》(キス)、の意。

九一頁 麻痺剤《まひざい》の使用　太宰は昭和一〇年四月、急性盲腸炎に腹膜炎を併発して重体に陥り入院したが、手術の後、麻薬性鎮痛剤パビナールを使用、これが習慣化して中毒症状に苦しんだ。退院、療養中も一日に十数本のアンプルを自ら注射し、薬品購入のために友人から借金を重ね、その累計は数百円(当時)に及んだ。

九三頁 板橋区の或る病院　太宰は昭和一一年一〇〜一一月、板橋区の東京武蔵野《むさしの》病院に入院した。井伏鱒二らの説得によるもので、これにより中毒は完治したが、病院が「脳病院」(当時)と知って衝撃を受け、この経験は退院直後に発表された「HUMAN LOST」(昭和一二年)や晩年の「人間失格」(昭和二三年)に生かされている。

九五頁　**哀しい間違い**　「或る洋画家」のモデルは、帝国美術学校（現在の武蔵野美術大学）西洋画科に在籍していた小館《こだて》善四郎《ぜんしろう》。太宰の四姉きょうの夫、小館貞一《ていいち》の三弟で、太宰とは五歳下に当たる。かねてから兄弟のように親しくしていたが、太宰が武蔵野病院に入院中、小山初代（「Hという女」の注〈二〇九頁〉を参照）と不義を犯してしまう。小館は、太宰が自分と初代との関係に気づいたと勘違いし、昭和一二年三月、太宰のもとを訪ねて事を告白し、太宰は大きな衝撃を受けた。

九五頁　**自殺を行った**　昭和一二年三月、太宰と初代は群馬県の水上村《みなかみむら》谷川岳の山麓でカルモチンを服用して心中を図ったが未遂に終わった。経緯は「姥捨《うばすて》」（昭和一三年）に詳しい。

九七頁　**長兄が代議士に当選して**　県下有数の大地主であった生家の長兄、津島文治は昭和一二年四月の衆議院選挙に青森二区から政友会公認で立候補し、当選したが、選挙違反で取り調べを受け、公判の結果、罰金二〇〇〇円、一〇年間の公民権停止処分となった。

九八頁　**お櫃《ひつ》**　炊いた飯を入れる容器。

九九頁　**長い小説**　未完に終わった長篇小説「火の鳥」（昭和一四年）のこと。

九九頁　**平凡な見合い結婚**　太宰は昭和一四年一月八日、井伏夫妻の媒酌で、甲府在住の石原美知子と結婚した。美知子は数え年二八歳。地質学者、石原初太郎の四女で、東京女子高等師範学校（現在のお茶の水女子大学）を卒業後、山梨県立都留高等女学校で教鞭を執っていた。

一〇一頁　**Sさん**　モデルは詩人、小説家の佐藤春夫（明治二五〜昭和三九）。小石川に自宅があった。佐藤は太宰の才能を高く評価し、第一回芥川賞でも選考委員として彼を支持した。太宰が原稿の二重売り事件を起こしかけたり、第三回芥川賞をとれなかったことを恨んで「創生記」（昭和一一年)で実名で佐藤をあげつらったりしたために激怒し、「太宰治——憤怒こそ愛の極点(太宰治)」(昭和一一年)を発表、才能は評価しつつもその人間性を激しく難じ、以後、両者の関係は途絶えていた。

一〇二頁 **洋画の展覧会**　上野の東京府美術館(現在の東京都美術館)で開催された第一五回国画展(昭和一五年三~四月)に該当。国画会は梅原龍三郎らを会員に擁する、当時の日本を代表する美術団体で、小館善四郎もこの時、出品している。ちなみに佐藤春夫は大正初期の二科展に二年続けて入賞するなど、絵に関しても才能を発揮していた。

一〇二頁 **「美しき争い」**　フランス映画(一九三八年)。姉妹間の発砲事件をめぐるサスペンス。レオニード・モギー監督、コリンヌ・リュシェール、アニー・デュコー主演。

一〇三頁 **T**　美知子(太宰の妻、「平凡な見合い結婚」の注〈二一三頁〉を参照)の妹、石原愛子の婚約者である吉原健夫がモデル。近衛師団に所属し、昭和一五年六月の動員令によって芝浦港から中国の漢口に向かった。ちなみに愛子ら石原家の人々は、のちに津島佑子の長篇小説「火の山——山猿記」(一九九八年)の素材にもなっている。

一〇三頁 **増上寺**《ぞうじょうじ》　浄土宗の大本山で東京都港区芝公園にあり、徳川将軍家の菩提寺として栄えた。山門とは一六二二年建立の「三解脱門《さんげだつもん》」のことで、国の指定重要文化財。

一〇三頁 **カアキ色の団服**　カーキ(英語、khaki)は「土埃《つちぼこり》」の意。カーキ色は主に軍服に用いられる薄茶色。兵役を退き、予備役にある者によって組織された、帝国在郷軍人会の制服のこと。

一〇四頁 **バルザック像**　フランスの彫刻家、ロダン(一八四〇~一九一七)が一八九八年に完成した、同国の小説家、バルザック(一七九九〜一八五〇)の像。ガウンをまとったその姿は異様なもので、依頼主に引き取りを拒否されたという。

一〇五頁　ダットサン　日産自動車株式会社製造の国産車。低燃費、高性能が支持され、軍需産業が重視されるなか、トラックの需要が高い伸びを示した。

一〇六頁　丙種《へいしゅ》合格　徴兵検査の際、身体検査で上から「甲《こう》種」「乙《おつ》種」「丙種」「丁《てい》種」「戊《ぼ》種」に分類された。「甲種」「乙種」が現役徴集され、「丙種」は主に補充兵動員とされた。

清貧譚(「新潮」昭和一六〈一九四一〉年一月)

一〇七頁　清貧譚　「清貧《せいひん》」は、貧しくとも正しい行いに徹した生活。「譚《たん》」は物語の意。

一〇七頁　聊斎志異《りょうさいしい》　中国の清代に蒲松齢《ほしょうれい》(一六四〇〜一七一五)によって書かれた怪異小説集。全四四五篇から成り、本作はこのうちの「黄英」が素材になっている。太宰が依拠したのは田中貢太郎訳、公田連太郎註『聊斎志異』(北隆堂書店、昭和四年)。

一〇七頁　故土《こど》の口碑《こうひ》　「故土」は故郷の土地、ふるさとのこと。「口碑」は口承の伝説。

一〇七頁　不逞《ふてい》　ここでは勝手気ままなこと。

一〇七頁　新体制　昭和一五年一〇月、第二次近衛内閣のもとで「大政翼賛会」(戦争に向け、国家総動員の体制を作るための統制組織)が発足した事実を踏まえる。

一〇七頁　向島《むこうじま》　現在の東京都墨田区。江戸時代から景勝地として知られた。

二一〇頁　**騎虎《きこ》の勢い**　虎に乗ると、降りると食われるため途中で降りられなくなることから、行きがかり上途中でやめられず、後に引けない状態を言う。
二一三頁　**陋屋《ろうおく》**「陋」は、狭くみすぼらしいさま。自分の家を謙遜して言うことが多い。
二一四頁　**凜乎《りんこ》**「凜」は、厳しく引き締まったさま。きりっとしてりりしい様子。
二一五頁　**高士《こうし》**　人格のすぐれた人。あるいは世間を離れ、隠れ住んでいるすぐれた人物。
二一六頁　**狷介《けんかい》**「狷」は心が狭い、の意。意地を張り頑なになって、人の意見を容《い》れぬさま。
二一七頁　**瀟洒《しょうしゃ》**　すっきりしてあかぬけしたさま。
二三〇頁　**茅屋《ぼうおく》**　茅《かや》・藁《わら》葺《ぶ》きの屋根。また粗末な家という意味から、自分の家を謙遜して言う。
二三三頁　**清廉《せいれん》の士**　心が清く、私欲のない人。
二三三頁　**髪結《かみゆ》いの亭主**　妻が収入の多い髪結いをすると楽な暮らしができることから、妻の働きで養われている夫を言う。
二三三頁　**墨堤《ぼくてい》の桜**「墨堤」は隅田川の堤防。江戸第一の桜の名所として親しまれた。
二三四頁　**亦他異《またたい》無し**　とくに他と違っているさま(「他異」)はない、の意。

千代女（「改造」昭和一六〈一九四一〉年六月）

二三五頁　**綴方《つづりかた》を「青い鳥」に…**　「青い鳥」のモデルは童話作家鈴木三重吉《みえきち》(明治一五〈一八八二〉〜昭和一一)主宰の童話雑誌「赤い鳥」。三重吉は創作童話の実践として綴方(作文)の指導に力を入れ、

「赤い鳥」に投稿欄を設けて選者を務めていた。

一二六頁　**バット**　紙巻き煙草《たばこ》の銘柄で「ゴールデンバット」とも言う。明治三九年に売り出され、安めの値段設定もあってロングセラーとなった。

一二八頁　**選者の岩見先生**　モデルは鈴木三重吉。「綴方を「青い鳥」に…」の注を参照。

一二九頁　**一葉《いちよう》さん**　樋口一葉（明治五～二九）。明治を代表する女性作家で、二五歳で亡くなる直前「にごりえ」「たけくらべ」などの佳作を次々に発表した。

一三〇頁　**お茶の水の女学校**　東京女子高等師範学校（現在のお茶の水女子大学）。教員養成の官立東京女子師範学校として明治七年に設立され、当初お茶の水にあった。

一三三頁　**七輪《しちりん》**　土製のコンロ。ものを煮るのに値七厘の炭で足りることからこの名が付いた。

一三七頁　**そのころ起った綴方の流行…**　鈴木三重吉「赤い鳥」の綴方を、弟子の大木顕一郎らが編集して『綴方教室』（昭和一二年）を出版、大きな反響を呼んだ。二六篇が採用された豊田正子（大正一一〈一九二二〉～平成二二〈二〇一〇〉）は「天才少女」として評判になった。

一三八頁　**寺田まさ子**　モデルは豊田正子（前注を参照）。

一三八頁　**ルソオ**　「東京八景」の「ルソオの懺悔録」の注（二一一頁）を参照。

一三八頁　**顔回《がんかい》**　紀元前五二一頃～四九〇頃。孔子の特に優れた十人の弟子「孔門十哲」の一人。随一の秀才で、栄達を求めず、質素な暮らしを貫いた。子淵、顔淵とも言う。

一三九頁　**雪は鵝毛《がもう》に似て飛んで散乱す**　もとは白居易の詩句で、『和漢朗詠集』上巻「雪」の部、さらには謡曲「鉢木《はちのき》」にも引かれるなど、古来から親しまれてきた。雪がガチョウの毛のように舞って一面に散り乱れる、の意。「鵝毛」は白くて軽く、ふわふわしたものの喩《たと》えに用いられる。

一四二頁　金沢ふみ子　モデルは野澤富美子（大正一〇〜平成二九）。小学校を卒業後、女中、女工として働き、一九歳の時に短篇「隣近所の十ヶ月」を「ホトトギス」（昭和一五年四月）に発表。創作集『煉瓦女工』（昭和一五年）は直木賞候補になった。

一四三頁　加賀の千代女《ちよじょ》　加賀千代《かがのちよ》（元禄一六〈一七〇三〉〜安永四〈一七七五〉）。江戸時代中期の女性俳人。加賀国（石川県）松任《まっとう》の庶民の家に生まれ、一〇代で頭角を現したとされる。

一四四頁　ほととぎす…　千代女は芭蕉の弟子、各務支考《かがみしこう》からホトトギスを題に俳句を詠むよう求められ、この句を詠み、才能を認められたと言われている。

風の便り

（「文学界」昭和一六〈一九四一〉年一一月〔原題「風の便り」〕、「文芸」同一一月〔原題「秋」〕、「新潮」同一二月〔原題「旅信」〕）

一四七頁　「やまと新報」　モデルは「やまと新聞」（明治一九〈一八八六〉〜昭和一九年まで発行確認）か。特に明治三、四〇年代、文芸欄に永井荷風、泉鏡花ら大家が執筆し、全盛期を迎えた。

一四七頁　高等小学校　尋常小学校卒業後、より高度な初等教育を施すために明治一九年に設置された（〜昭和二二年）。当初四年制だったが明治四〇年より原則二年制になった。

一五〇頁　自然主義的な私小説家　日本の自然主義は大正期以降、作者自身の身近な実生活、それも貧困、病などを題材に描く方向に進んでいった。

一五〇頁　高踏派《こうとうは》　「高踏」は、世俗から抜け出て気高く身を処する態度のこと。日本では明治末期、日常のリアリズムを追求した自然主義に対して、蒲原有明《かんばらありあけ》ら象徴詩を追求した人々に「高踏派」の語が用いられたこともある。

一五一頁　**脚気《かっけ》**　ビタミンB1の欠乏による病、進行すると、衝心《しょうしん》（心臓障害）で死に至る。

一五四頁　**文章倶楽部《くらぶ》の愛読者通信欄**　「文章倶楽部」（大正五〈一九一六〉～昭和四年）は新潮社発行の文芸誌。投書欄を設けたり、文壇情報を多く提供するなど若い読者を対象にした啓蒙的な性格が強く、文学者予備軍の育成に大きな役割を果たした。

一五七頁　**ショパン**　一八一〇～四九。ポーランド出身の作曲家、ピアニスト。

一五七頁　**籐椅子《とういす》**　トウ（ヤシ科の総称）のつるで編んだ、丈夫で弾力のある椅子。

一五七頁　**山上憶良《やまのうえのおくら》**　奈良時代を代表する歌人の一人。遣唐使として渡唐後、筑前守《ちくぜんのかみ》等を務めた。「貧窮問答歌」は「万葉集」に収録された長歌で、庶民の生活の苦しさを問答形式で歌った作品。

一六〇頁　**十九世紀のロシヤの作家**　プーシキン、ゴーゴリ、ツルゲーネフ、ドストエフスキー、トルストイなど。

一六〇頁　**フランスの象徴派の詩人**　ヴェルレーヌ、ボードレール、マラルメ、ランボーなど。写実主義に異を唱え、神秘的なもの、超自然的なものを追求した。

一六一頁　**あねさま**　姉様人形のこと。千代紙などを折った花嫁姿の人形で、女の子の玩具。

一六一頁　**自《じ》瀆《とく》**　「瀆」はけがす、の意。ここではひとりよがりの満足を得ること。

一六一頁　**チェホフ**　チェーホフ（一八六〇～一九〇四）。近代ロシアを代表する戯曲家、小説家。

一六三頁　**エホバを畏《おそ》るるは知識の本《もと》なり**　〔旧〕箴言《しんげん》1章7節を踏まえる。創造主エホバを畏れうやまうことによって初めて、真の知識を授かることができる、の意。

一六五頁　**糠味噌《ぬかみそ》**　糠は玄米を精白する際に出るかすで、そこに塩と水を混ぜたものを糠味噌といい、野菜などを漬けるのに使う。「糠味噌くさい」とは、所帯じみた様子のこと。

一六六頁　**ダビデ**　在位紀元前一〇〇〇頃～九六一。古代イスラエル王国第二代の王。エルサレム（「駈込み訴え」の同語の注〈二〇四頁〉を参照）を首都として繁栄をもたらした。詩と音楽の才能に優れていたとされる。

一六八頁　**遁辞《とんじ》**　「遁」は逃げる、避けるの意。責任を逃れるための言葉。逃げ口上。

一六八頁　**おのれを愛するが如《ごと》く…**　〔新〕マタイ福音書22章37～39節を踏まえた表現。

一六八頁　**「汝《なんじ》ら、見られんために…」**　〔新〕マタイ福音書6章1節の文言。善行を行うときは、人に評価されることを目的にしてはならない、の意。

一六八頁　**「なんじら祈るとき…」**　〔新〕マタイ福音書6章5節を踏まえる。祈りを捧げるときに、ことさらに周囲を意識して深刻ぶり、偽善をよそおってはならない、の意。

一七〇頁　**懦弱《だじゃく》**　意気地のないこと。

一七一頁　**ダヴィンチの飛行機**　イタリアのルネサンス期の芸術家、レオナルド・ダ・ヴィンチ（一四五二～一五一九）は鳥類や昆虫を研究し、空気スクリューで飛ぶ一人乗りのヘリコプターを考案し、そのスケッチを残した。

一七三頁　**しぶかわ**　現在の群馬県渋川市。伊香保温泉などが有名。

一七四頁　**頂門《ちょうもん》の一針《いっしん》**　相手の急所をついて戒めること。「頂門」は頭のてっぺん。

一七五頁　されこうべ　髑髏《どくろ》。風雨にさらされた頭蓋骨。

一七七頁　衒気《げんき》　自分の才能などをことさらに見せびらかしたり、実際以上に見せたいと思う気持ち。

一七七頁　お手本の四君子《しくんし》　蘭《らん》、竹、菊、梅の四種を、草木の中でも特に君子(高潔で優れた存在)として称える言葉。東洋画の画題として好まれた。

一七七頁　ほてい様　唐代の禅僧で七福神である布袋《ほてい》のこと。福々しく肥えた体で大きな腹を出し、弥《み》勒《ろく》(釈迦に準ずる仏)の化身として尊ばれた。以下の「朝日に鶴」「田子《たご》の浦《うら》の富士」も含め、古典的な画題として親しまれた。

一七九頁　大痴《だいち》　ひどく愚かなこと。ここでは底抜けにおおらかなさまを言っている。

一八〇頁　外八文字《そとはちもんじ》　吉原の遊女が好んだ、郭《くるわ》の中を歩くときの、爪先をまず内側に向け、それから外へ爪先を開く歩き方。ここでは女中の気取った様子をからかう表現。

一八〇頁　坂田藤十郎《とうじゅうろう》　菊池寛の「藤十郎の恋」(大正八年)の内容を踏まえたものか。主人公は元禄期に活躍した初代坂田藤十郎。京都歌舞伎の名優として名をはせた。恋の駆け引きを会得するために人妻に恋を仕掛け、それを踏み台に名演技をするが、人妻は自殺してしまう。芸のためにはあらゆる犠牲をいとわない芸術家の宿命を描いた小説。

一八一頁　非常時　非常の事態、とくに戦争など、国家が重大な危機に直面した時。

一八一頁　銃後《じゅうご》　ここでは直接戦闘に加わらない一般国民のこと。「前線」(戦地)の対義語。

一八二頁　心まずしきものは幸いなるかな　〔新〕マタイ福音書5章3節の文言を踏まえる。

一八六頁　メンソレタム　メンソレータム。皮膚病の家庭用治療薬(軟膏)。アメリカの製品であったが、大正九年に日本での輸入販売が開始された。

一九三頁　「出《しゅつ》エジプト記」　旧約聖書のうちの一書。紀元前一三世紀頃、モーゼがイスラエル民族の窮状を見て彼等を率いてシナイに至るまでを記す。以下の挿話は「出エジプト記」4章10～13節、16章1～3節を踏まえている。

一九五頁　**約束の自由の土地**　〔旧〕「申命記」34章1～5節を踏まえる。

一九五頁　**ピスガの丘…**　中東の死海北東岸の最高地で、荒野を眺望する位置にある。ヨルダン河はパレスチナ地方の河。

二〇一頁　**ルビコン河を渡る英雄**　ルビコン河はイタリア中部のアドリア海に注ぐ川。ガリアとイタリアとの境をなした。将軍カエサルが「賽《さい》は投げられた」と言って川を渡ってローマに進軍し、政権を取った故事から、それまでの禁を犯して事を決行することを「ルビコン河を渡る」と言う。

注の作成にあたっては、主に次の文献を参照した。

- 花田俊典『太宰治のレクチュール』（双文社出版、二〇〇一年）
- 山内祥史『太宰治の年譜』（大修館書店、二〇一二年）
- 鈴木範久・田中良彦編『対照・太宰治と聖書』（聖公会出版、二〇一四年）
- 『聖書』（日本聖書協会、新共同訳、一九八七年、聖書協会共同訳、二〇一八年）

（安藤宏）

解　説

安藤　宏

個人的な好みで言うと、私は太宰治の作品の中では本書が扱っている時期（昭和一五〈一九四〇〉～一六年の二年間）のものがとても好きである。作家として円熟期にさしかかり、本人も楽しみながら書いている様子が素直に伝わってくるのである。

一般に用いられる区分で言うと、この時期は太宰文学のいわゆる「中期」に該当する。同じ「中期」でも、昭和一三～一四年の作品群は、「前期」（昭和八～一二年）の挫折をいかに乗り越えていくかという葛藤が表に出ていて、それはそれで面白いのだけれども、やはり少々息苦しい。一方、昭和一七年以降になると本格化しつつあった第二次世界大戦との関係を抜きに語れないところがあり、どこか悲劇的な相貌が漂う。太宰の一五年に及ぶ創作活動（昭和八～二三年）のうち、おそらくストーリーテラーとしてもっとも才能をのびやかに発揮できていたのが、ここに扱う二年間だったのではないだろうか。

本書の収録作のうち、「東京八景」は自伝的な小説だけれども、「駈込み訴え」「走れメロス」以下は、いずれもきわめて完成度の高いフィクションである。紙幅の都合もあって収録できなかったが、この時期には「乞食学生」(昭和一五年)や「新ハムレット」(昭和一六年)などの中・長篇もある。いずれも齢《よわい》三〇を過ぎ、あらためて〝中年〟の立場から、かつての青春時代の狂騒を振り返るまなざしが背後に流れているようだ。最初の作品集『晩年』(昭和一一年)に見られるような、〝純粋さ〟に過剰にこだわるかつての自意識と、一方で実生活をしたたかに生きていく大人の論理と。その両方が共に見えてくる端境期《はざかい》、とでも言ったらよいのだろうか。背後には人生に対するしっかりした洞察があり、結果的に、さまざまな世代が楽しめる普遍性を獲得しているように思う。

しゃべるように書く——「駈込み訴え」

語りの魅力、という点で言えば、やはり太宰の全小説の中でも一、二を争うのが「駈込み訴え」だろう。この小説は口述筆記だったようで、筆記を担当した美知子夫人によれば(「御崎町から三鷹へ」『太宰治全集』附録第四号、八雲書店、昭和二三年一二月)、太宰は自宅で盃を含みながら、淀みも、言い直しもなく、一気に語って見せたのだという。〈言った通り筆記して、そのまま文章であった。書きながら、私は畏れを感じた〉というのが夫人の証言である。一例を挙げてみよう(本書二六〜二七頁)。

〈けれども、その時は、ちがっていたのだ。断然、私は、ちがっていたのだ！　私は潔くなっていたのだ。私の心は変っていたのだ。ああ、あの人はそれを知らない。それを知らない。ちがう！　ちがいます、と喉まで出かかった絶叫を、私の弱い卑《ひ》屈《くつ》な心が、唾《つば》を呑みこむように、呑みくだしてしまった。言えない。何も言えない。あの人からそう言われてみれば、私はやはり潔くなっていないのかも知れないと気弱く肯定する僻《ひが》んだ気持が頭をもたげ、とみるみるその卑屈の反省が、醜く、黒くふくれあがり（略）ええっ、だめだ。私は、だめだ。あの人に心の底から、きらわれている。売ろう。売ろう。あの人を、殺そう。そうして私も共に死ぬのだ、〉

そもそもこれは〈申し上げます。旦那さま。〉という一節に始まる密告（他者への報告）だったはずだ。それが一方では自身の独白にもなっており、そうかと思うと冷静な心理分析になっていたりもして、それら異なる要素が高い次元で融合しているのである。

現代日本語は「言文一致体」であると言われるが、厳密には、「言（話し言葉）」と「文（書き言葉）」が一致することはあり得ない。会話の「テープ起こし」を考えれば明らかだが、話し言葉は決してそのままでは文章にはならないのである。「言文一致体」というのは、あくまでも「言」をよそおう技術の成果としてあるわけで、近代の作家たちはこうしたよそおい――しゃべるように書く文体――を実現しようと悪戦苦闘してきた。当然、太宰も単に思いつくままに口述していたわけではなくて、頭の中で文章を組み立て、構成を考えながら言語化していたはずだ。その意味でも「駈込み訴え」は、近代小説において、「文」がもっとも「言」に接近した、見事な達成なのではないかと思う。

実は「ユダの裏切り」は、この時代の文学において、マルクス主義からの転向を示す表象としても用いられていた。深く信奉していた思想を〝裏切る〟心情がユダに託されたのである。げんに太宰も左翼運動から脱落した体験を持っていたわけで、同じ転向作家仲間である亀井勝一郎の「生けるユダ」(「日本浪曼派」昭和一〇年五、六月)の影響なども受けていたようだ。同時にまた、同じく友人であった山岸外史《がいし》の『人間キリスト記』(第一書房、昭和一三年)の影響も指摘されている。山岸の著作は、キリストやユダの、生活人としての日常的な葛藤を強調しているのだが、読み比べてみると、宗教者の日常に焦点を当てつつも、「駈込み訴え」の柱である「愛するが故の裏切り」というテーマは明らかに太宰の独創であることがわかる。太宰の作品には身近な者に裏切られ、滅びていく者たちの系譜、とでも言うべきものがあって、たとえば源実朝の悲劇を描いた『右大臣実朝』(昭和一八年)など、「滅び」を描かせると妙に筆が冴《さ》え渡る。近親憎悪的なパッション、とでも言ったらよいのだろうか。凄《すご》みを感じさせる小説である。

疑いながら「信じる」ということ——「走れメロス」

「走れメロス」は、今でこそ国民的な名作として親しまれているが、昭和三〇年代に教科書に採用されるまではさほど知名度は高くなかったようだ。最初から青少年向けに書かれたわけではなく、発表されたのは文芸誌の「新潮」、つまり大人向けの、れっきとした純文学だったのである(口絵写真を参照)。

この小説の魅力は、なんと言っても、友情の尊さをストレートに歌い上げている点にあるのだろう。かつて不良少年がこの教材を読んで更生した例がある、という話を教育現場で聞いたことがあるが、小説は道徳を教える手立てではないのだから、これはさすがにいかがなものか。一方で、描かれる友情があまりにも非現実的でそらぞらしい、という見方も、教える側と教わる側の双方に出るらしい。美談、という受け止め方と、現実離れしている、という受け止め方と。このどちらかに二極分化してしまうとしたら、それはその小説の不幸でもある。

私自身は、この小説の魅力はそのいずれでもなく、人間の本源的な〝弱さ〟が、巧みに、しっかり描き込まれている点にあるのではないかと思う。メロスが次第に人間の弱点に目覚め、彼と王が歩み寄っていく物語として読むことができるように思うのだ。

個人の体験談で恐縮だが、かつて学生時代に教育実習でこの小説を担当した時、王が決して単純な悪者ではないことを中学生たちに気づかせるのに苦労した経験がある。本当は人を信じたい、平和を望んでいるのだが……と述懐していることからもわかるように、ここには努力すればするほど孤独になっていく王の姿がある。もちろんそれによって悪行が許されるわけではないが、少なくとも単純な正義漢であるメロスよりは、はるかに人間の弱点に敏感であると言わなければならない。王は恐らくメロスのそのあまりにも自意識の欠如した〝正しさ〟に怒りといら立ちを覚えたのではあるまいか。

一方でメロスは、戻ってくる途中、さまざまな試練を経るうちに次第に人を疑うことを覚えていく。たとえば襲ってきた山賊を王の差し金と考えるのは、大きな「進歩」と言ってよいだろう（ちなみにこの部分は典拠〈二〇七頁の注を参照〉にない、太宰の創作である）。さらには、裏切りがこの世の常道だ、などと言って、一度は帰還をあきらめたりもする。最後に刑場に戻ったとき、読者の多くは、セリヌンティウスも実はメロスを疑っていたことを知って驚きを覚えることだろう。

結末で王が、信実は虚偽ではなかった、自分も仲間に入れて欲しい、と懇願するのは、一見、悔い改めのように見えるが、実は王は、メロスとセリヌンティウスが互いに疑い合っていた事実にこそ感銘を受けたのではあるまいか。懐疑をうちに含む信義——疑い合いながらも相対的に信頼が成り立ちうることの可能性——こそが、実は王がもっとも強く求めていたものだったかもしれないのである。

描かれているのはたしかに劇的なドラマではあるけれども、われわれの日常生活は決してドラマそのものではない。「ゼロか百か」の結論が常に用意されているわけではなく、現実にはその中間の可動域を生きている。こうした現実の中で自身の弱さと向き合い、これと戦う姿を描き出すためにこそ、あえて極端な人物像が設定されたのではあるまいか。おそらくそこには、かつての青春時代の狂騒を三〇代になってからしっかり見つめ直す、作者の冷静なまなざしがあるのである。

パロディとユーモア——「清貧譚」

「清貧譚」は中国清代の蒲松齢《ほしょうれい》によって書かれた怪異小説集『聊斎志異《りょうさいしい》』の翻案(改作)である(太宰の依拠した本は二一五頁の注を参照)。対象になっているのは全四四五篇のうちの「黄英」。話の筋はほぼ原典を踏襲しているが、実は主人公を菊の精である黄英から「清貧」にこだわる才之助に変更し、彼の自尊心をことさらに強調してみせている点に太宰の特色がある。才之助がこだわる芸術家としての良心と、これを生活の糧にすることへの葛藤と。それは青春の特権と大人の論理との対立にも重なってくるわけで、太宰がこの時期繰り返し取り上げたテーマでもあった。

それにしても才之助と三郎とのちぐはぐな会話は読んでいて理屈抜きに楽しい。こうしたユーモアは原典にはない太宰の独擅場と言うべきで、結末も、原典では三郎は過失のような形で枯死してしまうのだが、「清貧譚」での彼の最後のセリフはお洒落で、そしてどこかペーソスが漂っている。才之助と黄英のその後を伝える末尾の一行も心憎いばかりだ。話の筋はほぼ同じなのに、ここまで印象が変わるものか、と驚かされてしまう。太宰は翻案、パロディにすぐれた才能を発揮するのだが、時期的にはこのあたりからいよいよ本格的にそれが花開いていくのである。

そもそも自尊心の葛藤——その悲喜劇——こそは、太宰が第一創作集『晩年』以来、一貫して追求し続けたテーマでもあった。太宰には井原西鶴の翻案、『新釈諸国噺《しょこくばなし》』(昭和一九年)に「貧の意地」という短篇もあるのだが、わざと損をしてみせる意地の張り合い、という点でよく似ており、どちらもとても楽しく読める。ユーモアは自虐が命なのであって、自己を徹底して突き放し、戯画化してみせることによってはじめて、品のよい「笑い」が生まれてくるのである。

ちなみに『聊斎志異』は江戸期以来さまざまな形で受容されてきた歴史がある。近代作家にも佐藤春夫の翻案(大正一一〜昭和二六年にかけて二三篇を発表)、安岡章太郎の『私説聊斎志異』（昭和五〇年）をはじめとする多くの試みがあり、太宰治にはほかにも「竹《ちく》青《せい》」（昭和二〇年）という、すぐれた翻案小説のあることを付け加えておきたい。

「太宰治」の物語――「東京八景」

「東京八景」は太宰の自伝的小説として、その生涯を説明する際に実にしばしば引用される作品である。描かれている内容は、省筆されたところ、ぼかしてある箇所はあるものの、ほぼ事実通りであることも確認されている。しかし小説なのだから、もちろん体験や経緯がそのまま並べられているわけではない。そこには「小説家太宰治」の物語を創り上げていくためのさまざまな演出、操作が加えられているわけで、それを読み取っていくところに「自伝」の妙味があるのだろう。

小説のテーマとして印象に残るのは、結末付近の〈人間のプライドの窮極《きゅうきょく》の立脚点は、あれにも、これにも死ぬほど苦しんだ事があります、と言い切れる自覚ではないか〉という一節である。この一節に向けて、それまでの履歴からさまざまに〈苦しんだ〉経験が拾い出されていく。ただし注意して読むとそこには微妙な落差があって、三鷹に転居する前とあととでは、はっきり叙述のスタイルが区別されていることがわかる。〝三鷹以前〟は人生に苦しむ〈遊民の虚無《ニヒル》〉が強調され、〝三鷹以後〟の二つのエピソード――S

さんとの再会とT君の出征見送り――では、人間関係の再生が明るいトーンで強調されているのである。

そもそも「東京八景」という見立てを立案しながら、東京の風物を描くその筆致はなんとそっけなく、冷たいことだろう。これは太宰の全作品を通しての特色でもあるのだが、彼は自然や風物それ自体の描写にはあまり関心を示さなかった。「風景」は、そこに身近な人間との絆《きずな》が重ね合わされた時、初めて「情景」に転じていく。そのためにも〝三鷹以後〟の二つのエピソードは必須のものだったわけで、これによって「私」はようやく自身を「名所」に組み込み、「東京」を我が身のものにすることができたのである。

実はこの小説はさらに、伊豆の温泉地で「東京八景」を構想する小説家の物語でもある。東京の中心にいた頃はただ虚無の生活に埋没するばかりだったが、郊外の三鷹に居《きょ》を定めることによってこれを克服し、さらに伊豆という第三の地から振り返ることによって、初めてそのプロセスを振り返ることが可能になる。その意味でも「東京八景」は、一人の地方出身者が「東京」をいかに内面化し、血肉化していくか、という物語にもなっているわけで、実に手の込んだ演出の施された〝自伝〟なのである。

妻はエゴイストか？――「きりぎりす」

「きりぎりす」は太宰が得意にしていた女性の一人称告白体である。短篇は冒頭が命、とも言うが、妻から夫に宛てた、〈おわかれ致します。あなたは、嘘《うそ》ばかりついていました。〉という書き出しは鮮烈だ。芸術家としての志を捨て、俗化してしまった夫への痛烈な批判である。

発表当時、小説家の高見順は、夫の俗物性への批判は確かに読み取れるが、一方で妻の言葉にも自分の価値観を押しつけるエゴイズムがあるのではないか、と指摘した(「反俗と通俗——文藝時評」、「文藝春秋」昭和一五年一二月)。そう言われてみると、確かに妻は妻で、夫を「清貧」という理想の鋳型に当てはめようとしているようにも見えてくる。この点に関して、果たして読者の方々はどのような印象を持たれただろうか。

ちなみに太宰自身は戦後になってこの小説が創作集(『玩具』昭和二一年)に再録されるとき、「あとがき」で、〈このころ少し私に収入があった。千円近い金がまとまって入ったのではなかったかと思う。そんな経験は私にとってははじめてであったので非常に不安であった。結局それは、すぐに使ってしまったけれども、しかし、自分もこんな事では所謂「原稿商人」になってしまうのではあるまいかと心配のあまり、つまり自戒の意味でこんな小説を書いてみた〉のだ、と語っている。だが、小説は書かれた瞬間にそれとは別の意味を持って生き始める。これは太宰の女性の一人称告白体に顕著な特色でもあるのだが、男性の俗物性を語る時、その言葉が妙に生き生きとした精彩を放ち、自立し始めるのだ。夫の〝堕落〟を語る、という行為を通して、彼女もまた、自身の価値観(日常の中のささやかな幸福)をあらためて再確認していくのである。

「素朴な実感」は文学か?――「千代女《ちよじょ》」

「千代女」もまた女性の告白体小説である。主人公の和子は小学校時代に雑誌「青い鳥」(モデルは「赤い鳥」)に綴方《つづりかた》(作文)を投稿し、選者の岩見(モデルは鈴木三重吉《みえきち》)に高く評価される。和子の叔父と母は岩見に師事するよう助言するのだが、父親が喝破したように、それは大人の虚栄心を満足させようとするものにほかならなかった。

小説の発表された当時は鈴木三重吉の遺志を継いだ生活綴方運動が盛んで、作中の寺田まさ子のモデルは『綴方教室』(昭和一二年)で有名になった豊田正子。映画化されて天才少女とまでもてはやされていた。この運動は、純真な子供の目から、日々の実感を素朴に描けばそれが文学になる、という信念のもとに展開されたのだが、実は太宰はこの小説の中で、かなり皮肉なまなざしを注いでいるようだ。考えてみれば子供の目は純真だ、という大正期以来の「童心主義」も、結局は大人の幻想が作ったものにほかならない。しかも昭和一〇年代に生活綴方が盛んになった背景には、あきらかに戦時体制下の

「生産文学」（素朴な生活と日々の労働を奨励する文学）の隆盛があったのである。

本書の最後に収めた「風の便り」にも明らかだが、太宰は「単純」「素朴」「生活の実感」を一個の文学理念として認めつつも、同時にそれに常に疑問の目を投げかけていた。自己の弱さを卑下しながら自意識過剰の饒舌体を駆使していく太宰文学の面目からすれば、素朴な実感を重んじればそれが直ちに文学になる、などという発想は到底受け入れがたいものであっただろう。この小説もまた、風刺の効いたユーモラスな表現の中に、「小説」の要件をめぐるさまざまな問題が提起されているのである。

異質な他者の持つ魅力――「風の便り」

「風の便り」は、文壇の老大家井原と、しがない中年作家木戸との往復書簡である。互いにリスペクトしながらも、歯に衣着せずに相手を評し合う、その丁々発止《ちょうちょうはっし》のやりとりが読んでいて実に楽しい。おそらく大半の読者は、暗黙のうちに木戸に太宰治その人の面影を重ね合わせて読むのではないだろうか。それにしても、よくぞ自身とはおよそ異質な井原を、かくまで魅力的に描きだせるものだと感心してしまう。読者としては、まず木戸の思いに寄り添って読み始めるのだが、井原の返信を読むと、なるほど、とその見方に感化され、木戸がやり込められていくさまに妙な心地よさを感じたりもする。

だが木戸も謙虚に見えて実にしたたかだ。再度、彼の言い分にも一理ある……ということになって、異質な芸術観、人生観がせめぎ合う面白さに魅了されてしまうのである。たとえば井原は、一九世紀のお手本をなぞっているだけはいけない、強い主観をもって進め、と助言するのだが、その言葉に木戸は次のように反論している(本書一七六頁)。

〈あなたが、あれは間違いだと思う、とお書きになると、あなたが心の底から一片の懐疑の雲もなく、それを間違いだと断定して居られるように感ぜられます。私たちは違います。あいつは厭《いや》な奴だと、たいへん好きな癖に、わざとそう言い変えているような場合が多いので、やり切れません。思惟《しい》と言葉との間に、小さい歯車が、三つも四つもあるのです。けれども、この歯車は微妙で正確な事も信じていて下さい。私たちの言葉は、ちょっと聞くとすべて出鱈目《でたらめ》の放言のように聞こえるでしょうが、しさいにお調べになったら、いつでもちゃんと歯車が連結されている筈《はず》です。〉

私はこの一節に、日本の近代小説史(表現史)のエキスが凝縮しているような気がしてならない。井原のモデルを一人に限定するのは危険だが、それでもやはり、ここに志賀直哉の面影を重ねてみる誘惑を断ち切ることができないのだ。「小説の神様」の異名をとった志賀の文章は、その明晰な主観、簡潔で的確な描写において、まさに近代小説の〝王道〟を行くものだった。太宰ら後続世代の自意識過剰の饒舌体は、ある意味ではこれを多分に意識したアンチテーゼでもあったのだ。太宰は最晩年に「如是我聞《にょぜがもん》」(昭和二三年)というエッセイで、志賀にヒステリックな悪罵《あくば》を投げつけて自殺してしまうのだが、実はその一〇年ぐらい前からひそかに志賀を敬愛し、愛読していたことも知られている。近代小説の両極をなすこの両者のみごとな達成のおかげで、今日、私たちは言文一致体で小説を書くとき、実に豊かな、実りのある選択肢を手にしているわけである。

本書を編んでいてあらためて実感したのだが、太宰の小説の語りは実に闊達《かったつ》だ。かゆいところに手が届くような軽妙な語り口、とでも言ったらよいのだろうか。いずれも品のよい、明るいユーモアに満ちている。それらを支えているのは読者に対する徹底したサービス精神であり、語り手は常に読み手の反応を気にかけ、時に自虐のポーズをとってみせたり、時に「わかってくれるよね?」とひそかにささやきかけてきたりもする。

本書の収録作は、太宰の創作活動の中でもっとものびのびと自身の才能を開花させることができた時期の成果としてある。仮に太宰治について、何か手始めに気軽に読める書を紹介して欲しい、と乞われたなら、迷わずに本書をお勧めいただきたいと思う。

〔編集附記〕

一　本書は、「駈込み訴え」「走れメロス」については『太宰治全集』第四巻を、「きりぎりす」「東京八景」「清貧譚」「千代女」「風の便り」については第五巻（いずれも筑摩書房、一九九八年）を、それぞれ底本とした。なお、以下に述べる表記整理ほか、全般にわたり安藤宏氏の助言を得た。

一　本文について、原則として漢字は新字体に、仮名づかいは現代仮名づかいに改めた。

一　読みにくい語や読み誤りやすい語には、適宜、現代仮名づかいで振り仮名を付した。底本にある振り仮名はそのままとした。

一　送り仮名は原文通りとし、その過不足は振り仮名によって処理した。

　例　明に　→　明《あきらか》に

一　本文中の「＊」マークは、巻末に注があることを示す。

一　本文中に、今日からすると不適切な表現があるが、原文の歴史性を考慮してそのままとした。

一　口絵にある『駈込み訴へ』〈署名箋〉は川島幸希氏、その他の書籍は安藤宏氏所蔵のものである。

（岩波文庫編集部）

走《はし》れメロス・東京八景《とうきょうはっけい》 他五篇

2024年12月13日　第1刷発行

作　者　太宰《だざい》　治《おさむ》

編　者　安藤《あんどう》　宏《ひろし》

発行者　坂本政謙

発行所　株式会社 岩波書店
〒101-8002 東京都千代田区一ツ橋 2-5-5

案内 03-5210-4000　営業部 03-5210-4111
文庫編集部 03-5210-4051
https://www.iwanami.co.jp/

印刷 製本・法令印刷　カバー・精興社

ISBN 978-4-00-360057-3　Printed in Japan

読書子に寄す

――岩波文庫発刊に際して――

岩波茂雄

真理は万人によって求められることを自ら欲し、芸術は万人によって愛されることを自ら望む。かつては民を愚昧ならしめるために学芸が最も狭き堂宇に閉鎖されたことがあった。今や知識と美とを特権階級の独占より奪い返すことはつねに進取的なる民衆の切実なる要求である。岩波文庫はこの要求に応じそれに励まされて生まれた。それは生命ある不朽の書を少数者の書斎と研究室とより解放して街頭にくまなく立たしめ民衆に伍せしめるであろう。近時大量生産予約出版の流行を見る。その広告宣伝の狂態はしばらくおくも、後代にのこすと誇称する全集がその編集に万全の用意をなしたるか。千古の典籍の翻訳企図に敬虔の態度を欠かざりしか。さらに分売を許さず読者を繋縛して数十冊を強うるがごとき、はたしてその揚言する学芸解放のゆえんなりや。吾人は天下の名士の声に和してこれを推挙するに躊躇するものである。このときにあたって、岩波書店は自己の責務のいよいよ重大なるを思い、従来の方針の徹底を期するため、すでに十数年以前より志して来た計画を慎重審議この際断然実行することにした。吾人は範をかのレクラム文庫にとり、古今東西にわたって文芸・哲学・社会科学・自然科学等種類のいかんを問わず、いやしくも万人の必読すべき真に古典的価値ある書をきわめて簡易なる形式において逐次刊行し、あらゆる人間に須要なる生活向上の資料、生活批判の原理を提供せんと欲する。この文庫は予約出版の方法を排したるがゆえに、読者は自己の欲する時に自己の欲する書物を各個に自由に選択することができる。携帯に便にして価格の低きを最主とするがゆえに、外観を顧みざるも内容に至っては厳選最も力を尽くし、従来の岩波出版物の特色をますます発揮せしめようとする。この計画たるや世間の一時の投機的なるものと異なり、永遠の事業として吾人は微力を傾倒し、あらゆる犠牲を忍んで今後永久に継続発展せしめ、もって文庫の使命を遺憾なく果たさしめることを期する。芸術を愛し知識を求むる士の自ら進んでこの挙に参加し、希望と忠言とを寄せられることは吾人の熱望するところである。その性質上経済的には最も困難多きこの事業にあえて当たらんとする吾人の志を諒として、その達成のため世の読書子とのうるわしき共同を期待する。

昭和二年七月